Johannes Galli

Alltagsgötter

Galli

WIDMUNG

An alle,
die mir begegnet sind
und die sich nicht
gescheut haben,
sich so zu zeigen,
wie sie sind.

Das vollständige Verlagsprogramm
des Galli Verlags können Sie im
Internet unter http://www.galli.de
nachlesen.

ISBN 3-934861-39-39-3
1. Auflage 2001
Alle Rechte vorbehalten!

Lektorat: Harald Trede
Titelentwurf: Dr. Tatjana Maya
Titelfoto: Jan Julius Galli

Galli Verlag
Haslacher Str. 15
D-79115 Freiburg
Tel 0761/40 007-0
Fax 0761/40 007-33
eMail: verlag@galli.de
Internet: http://www.galli.de
© Galli Verlag

INHALT

Vorwort des Autors

Es sind doch die kleinen verwirrenden Begegnungen und heiteren Mißverständnisse im Alltag, die denselben spürbar auflockern und dem rückblickenden Lebensteilnehmer das sinnstiftende Gefühl verleihen, daß vielleicht doch nicht alles umsonst war.

Immer wieder treffen wir in unserem Leben Menschen, die sich in ganz gewöhnlichen Zusammenhängen ausgesprochen außergewöhnlich verhalten und dadurch unsere Aufmerksamkeit an sich reißen. Gebannt haben wir sie beobachtet, denn eines ist sicher: Wir brauchen diese feine Dosis Anderssein zur Ausbalancierung unseres eigenen Soseins. Wir brauchen das Unwägbare, um das Berechenbare zu ertragen.

Gerade das Anderssein der anderen fordert unsere eigene Integrationskraft heraus, deren Anwachsen darüber entscheidet, ob wir innerlich absterben oder permanent weiterwachsen.

Johannes Galli

Alltagsgötter

DR. SCHÖNHAMMER

Es sind die kleinen Ungeschicklichkeiten, die, wenn sie gehäuft in Erscheinung treten, die gute Laune nachhaltig verderben.

Das Hotelbett war zu weich gewesen, was mir mein Rücken schmerzverzerrt meldete, als ich morgens in München in einem Mittelklassehotel mit Toppreisen aufwachte. Früh hatte mich eine penetrant bimmelnde Straßenbahn geweckt, der bald viele weitere folgten, wie ich immer wieder akustisch eindrucksvoll vorgetragen mithören durfte. Der Frühstücksraum war verraucht gewesen, das Rührei vertrocknet, und der Tee hatte nach dem gleichnamigen Beutel geschmeckt. Auf dem Weg zum Aufzug hatte ich mir das Schienbein an einem Standaschenbecher, der blöde um die Ecke stand, angeschlagen. Zum Höhepunkt selbstverursachten Übels hatte ich für meinen Stadtgang auch noch die schmalen schicken Schuhe angezogen, so daß mir jetzt bei jedem Schritt die Füße schmerzten.

Ich war geschäftlich unterwegs, und um 11.00 Uhr hatte ich den entscheidenden Gesprächstermin. Da die Uhr erst Viertel nach neun zeigte, hatte ich doch noch genügend Zeit, um dieselbe totzuschlagen. Also bestellte ich mir in einem Straßencafé in der Sendlingerstraße einen Tee, verbrühte mir erwartungsgemäß die Lippen und die Zungenspitze und blätterte zum geplanten Schmerzausgleich in der Tageszeitung von gestern.

„Es gibt Tagesanfänge", dachte ich fruchtlos vor mich hin, „die verleppern entweder in Bedeutungslosigkeit oder münden in eine Katastrophe." Als ich bezahlt hatte und mich erheben wollte, spürte ich ein leichtes Ziehen am Hinterteil. Schnell hatte ich die Ursache ermittelt: Ein Kaugummi hielt meine Hose und also auch mich fest am Stuhl. Als ich rettend eingreifen wollte, waren bald auch meine Finger verklebt mit dieser Kaumasse aus unberufenem Munde. Die Hose war zwar nach einiger Anstrengung befreit, aber verdorben. Außerdem würden von mir nicht erfaßte Kaugummireste dafür sorgen, daß ich, wo immer ich mich so behost niederlassen würde, klebenbleiben würde. So konnte ich keinesfalls zu einem Geschäftstermin erscheinen. Man stelle sich vor, ich warb für Trainings mit dem Titel „Die Kunst, sich dynamisch zu präsentieren" und klebte dann selbst völlig undynamisch am Stuhl fest.

Schleunigst mußte eine neue Hose her!

Ich überlegte, ob ich an die schlappe Bedienung irgendeine Strafrede hinformulieren sollte, die in so etwas wie Schadenersatz münden sollte. Aber in Anbetracht ihrer schwachen und freudlosen Bekanntschaft mit der deutschen Sprache, die nur aus der Ferne stattgefunden hatte, unterließ ich dies, zahlte mürrisch und stiefelte schließlich verstimmt davon.

Nach diesem klebrigen Mißgeschick war klar, daß der Tag kaum noch zu retten war. Dennoch versuchte ich zu retten, was zu retten war, und das war in diesem Falle der bezahlte Tausch der verklebten gegen eine unverklebte Hose.

Es gibt in der Sendlingerstraße viele Bekleidungsgeschäfte, und so hatte ich keine Mühe, eines zu finden. Ich entschied mich für ein Geschäft, das anstelle von Türklinken Stierhörner hatte, und trat ein.

Nun sollte sich mit einem Mal alles ändern. Aus dem nebligen Morgengrauen sollte sich die Sonne gewaltig Bahn brechen.

Blond stand sie vor mir, jung, schön, frisch und strahlend und dann langsam errötend und lächelnd und noch weiter errötend und dann noch weiter, nun also schon rot vom Hals bis hoch über beide

Ohren.

„Ja", dachte ich, nicht ohne daß meine Brust mächtig anschwoll und die Hemdknöpfe in ihren Löchern schwer zu halten hatten, „trotz aller frühmorgendlichen Niederlagen muß ich doch über eine solch enorme maskuline Ausstrahlung verfügen, daß die junge Dame auf Anhieb errötet." Gerade wollte ich noch ein wenig weiter über meine männlich verwegene Ausstrahlung spekulieren, vielleicht konnte ich ihr das Rot auch tief in den Ausschnitt treiben, da lispelte, wisperte, ja stöhnte es zart aus ihr heraus: „Dr. Schönhammer!"

Sie mischte einen solch intimen Seufzer bei, daß mir Serien von Wärmeblitzen durch den Körper und vor allem in den noch schlechtschlafverspannten Rücken zuckten.

Kaum hatte ich Zeit, klar auszuschließen, daß ich vielleicht doch Dr. Schönhammer sein könnte, da juchzte sie weiter: „Das find ich aber nett, daß Sie mich besuchen kommen."

Nein, in diesen hingebungsvollen Blick hinein konnte ich die bittere Wahrheit nicht sagen, daß ich weder Dr. Schönhammer war noch ihn kannte, noch überhaupt einen kannte, der so hieß und obendrein auch noch Doktor war.

Doch soweit kenne ich Männer, da ich ja Geschlechtsgenosse bin, daß ich mir vorstellen konnte, was da alles zwischen Dr. Schönhammer, wer immer er auch war, und dieser wunderschönen jungen Dame geschehen war. Ich dachte nicht lange nach und nahm den Ball, den mir das Schicksal dreist hingekickt hatte, auf und beschloß mitzuspielen, als ich mit tiefer Stimme sagte: „Ich habe Ihnen versprochen, Sie zu besuchen, und da bin ich nun." Da lachte sie lauthals auf, und ihre Zähne blitzten jung und gesund, und die Röte ergoß sich nun endlich auch in ihr Dekolleté, als sie immer noch lachend sagte: „Männer versprechen viel und halten wenig."

Diesen spontanen und tiefen Einblick in die männliche Psyche ließ mich als Dr. Schönhammer doch aufs Heftigste widersprechen. „Aber es gibt Ausnahmen!", merkte ich stolz an. „Immerhin bin ich ja gekommen."

Aus der Tatsache, daß sie die Sie-Form vorgeschlagen hatte, schloß ich blitzschnell rück, daß Dr. Schönhammer doch eine gewisse Distanz gewahrt hatte, als sie aber nun wirklich knall- oder noch besser krebsrot formulierte: „Ja, Sie sind gekommen!", da wackelten mir die Knie, weil sie da zu einer gewagten Formulierung gegriffen hatte, die man so oder so verstehen konnte. Kaum hatte ich beschlossen sie so zu verstehen, da redete sie in mein aus vielerlei Gründen wirres Gesicht hinein: „Kommen Sie, ich habe gerade einen frischen Kaffee aufgebrüht, setzen Sie sich zu mir!"

Nun versuchte ich auch frivol zu sein und sagte forsch: „Ja, ich komme gern!"

„Scheiße", fuhr es mir vom Ischias bis hoch in den Hinterhauptslappen, als ich meinen Hintern auf dem Polsterstuhl spürte, mit dem ich im Moment aufs Innigste verklebte.

„Wissen Sie noch von Ihrem Eingriff?"

Zum Glück war diese Frage eine rhetorische, die sie stellte, als sie Kaffee eingoß, sonst wäre ich gezwungen gewesen, die Karten auf den Tisch zu legen.

Mir fiel einerseits sofort auf, daß wir auf der Sie-Ebene blieben, andererseits fand ich ihre Formulierung von einem Eingriff meinerseits sehr gewagt. Aber was sollte ich tun oder sagen?

Mir wurde langsam ungemütlich zumute. Ich mußte in die Offensive kommen. War denn nicht herauszubringen, was damals zwischen uns geschehen war?

„Welchen Eingriff meinen Sie?", fragte ich forsch, denn wie ich mich kannte, war es sicherlich nicht bei einem einzigen Eingriff geblieben.

Natürlich ist es der aufmerksamen Leserin und dem ebenso aufmerksamen Leser nicht entgangen zu bemerken, daß ich aufgrund meiner anpassungsfähigen Psyche und dem überaus lohnenden Ziel bereits Dr. Schönhammer geworden war. So ist nunmal der Mensch: Nur um einiger Eingriffe willen verändert er seine Identität, wann immer er kann.

Sie antwortete und errötete noch weiter, obwohl ich das kaum für möglich gehalten hätte. Lächelnd formulierte sie geheimnisvoll: „Ich wurde ohnmächtig und als ich erwachte, war ich eine schöne Frau!"

„Ja", dachte ich und spürte, wie ein Hemdknopf vorne auf der Brust aus seiner Fassung sprang, „das ist meine Art: Durch gekonnte Liebe die Frau zu erhöhen oder, wie es hier formuliert worden war, zu verschönen."

Nun glaube ich nicht, daß es noch eine Leserin oder einen Leser gibt, die oder der noch nicht herausgefunden hat, wer Dr. Schönhammer war.

Richtig!

Er war Schönheitschirurg und sah oder sieht mir so ähnlich, daß sie mich immer noch für „ihren" Dr. Schönhammer hielt.

Mit jedem Lächeln, das sie in meine Richtung hinglühte, wurde das Eis dünner für mich.

Es mußte mir gelingen, sie zu überraschen, ich mußte ihr klarmachen, daß ich Bescheid wußte. Ich war doch Dr. Schönhammer, oder? Also wußte ich doch auch, was damals an ihr unvollendet gestaltet gewesen war und nach ästhetischer Vollendung geschrien hatte, die ich ihr mit ein paar Schnitten und Stichen besorgt hatte.

Auf meine scharfe Beobachtungsgabe vertrauend wagte ich alles. Von Anfang an war mir ihre außergewöhnlich scharf und schön geschnittene Nase aufgefallen, also mußte dieser Teil an ihr verbessert worden sein, beziehungsweise hatte ich selbst diese Nase perfekt hinoperiert.

„Wer wagt gewinnt", dachte ich und wollte alles auf eine Karte setzen, vielleicht konnte ich ja als Dr. Schönhammer nun alle saftigen Früchte ernten, die mein gleichnamiger Kollege vor einiger Zeit gepflanzt hatte.

„Frisch gewagt ist halb gewonnen", bemühte ich noch ein weiteres mutmachendes Sprichwort unseres Sprachschatzes und mit offenem Blick sagte ich: „Ich bin wirklich froh, Ihre Nase so schön hingekriegt zu haben!"

Schlagartig wurden ihre Augen stumpf.

Wie nach einer Katastrophe auf der Bühne sich im Theater die Vorhänge schnell schließen, um alles zu verbergen, verschloß sich ihr Blick und gab nichts mehr frei. Grenzenlose Enttäuschung ließ ihre Schultern nach unten rutschen. Sie wußte sofort alles, und ich glaube, was sie wirklich fertig machte, war nicht die Tatsache, daß ich nicht Dr. Schönhammer war, sondern daß Dr. Schönhammer, obwohl sie es insgeheim gehofft hatte, wieder nicht gekommen war.

Um die peinliche Stille, die ich hervorgerufen hatte, und die Schuld, die schwer auf mir lastete, zu durchkreuzen, erhob ich mich - pardon - wollte ich mich erheben und schnell erinnerte ich mich, warum ich gekommen war. Nicht um fremde Früchte zu ernten, sondern um eigene Blödheit zu büßen beziehungsweise ungeschehen zu machen.

„Es waren die Ohren!", sagte sie wie aus einer anderen Welt. Stumm saß ich verklebt vor ihr. Ach, ich hätte dieses Spiel doch noch ein verdammt schönes Stück weiterspielen können, wäre ich nicht an ihrer Nase hängengeblieben, sondern hätte ihre Ohren getroffen.

Vorbei, vorbei, für immer vorbei. Ich hatte die Chance, in den umschwärmten Schönheitschirurgen Dr. Schönhammer zu mutieren, für immer verspielt.

„Sie standen vorher ab", sagte sie immer noch stumpf vor Enttäuschungsschmerz.

Einen kurzen Moment wünschte ich mir, daß sie selbst die Ohren so vom Kopf wegzöge, daß ich eine plastische Vorstellung davon hätte, wie sie vorher ausgesehen hatten. Ja, mir selbst zuckten die Hände, um ihre nun fein anliegenden Ohren wieder in die früheren, ungeliebten Segelohren zu ziehen. Natürlich geschah weder das eine noch das andere. Sie war froh, daß sie ihre Segelohren ein für allemal los war, und ich wagte kaum, mich in die Umsetzung meiner Idee in die Tat hineinzudenken. Vielleicht geschah dann irgend etwas Furchtbares, vielleicht platzte eine Naht oder so, und alles wäre umsonst gewesen, und sie hätte wieder Segelohren, und ich wäre Schuld gewesen und hätte obendrein die Früchte von Dr. Schönhammers Arbeit gehörig verdorben.

Nein! Ich zwang mich, nichts zu unternehmen, denn ich wollte nicht in ihrer früheren Segelohrwirklichkeit herumwühlen, sondern sie in einer neueren, schöneren Welt begrüßen.

Also sagte ich, so charmant es eben geht, wenn man am Sitz festklebt: „Das ist ja unglaublich, auf Ihre Ohren wäre ich als Letztes gekommen." Während mir noch reichlich unverständlich der Satz im eigenen Ohr nachklang „... auf Ihre Ohren wäre ich als Letztes gekommen...", erhob sie sich, schaltete mit beängstigender Routine auf jugendlich frische, freundliche Verkäuferin um und strahlte mich unpersönlich an: „Was kann ich für Sie tun?" Ah, das schmerzte! Eben noch eingedrungen in ihre innere Welt der Wirklichkeitsbewältigung, zufällig hineingeschlittert und festgeklebt in ihrer Welt des zarten Hoffens und rührenden Sehnens und nun hinausgeworfen in das peinlich belanglose Sein eines völlig normalen Kunden, der alles war, nur nicht Dr. Schönhammer.

Der Rest ist schnell erzählt. Den Kaugummifleck auf dem Polstersessel entfernte sie mit Waschbenzin, dabei zeigte sie auf ein Regal mit dem unnötigen Hinweis: „Übergrößen. Dort können Sie sich eine Hose auswählen", was ich tat.

Meine alte wickelte sie in eine Plastiktüte, die sie mir kühl reichte. Dann machte sie die Rechnung fertig und schob sie mir hin, ohne mich anzusehen. Ich zahlte, ohne sie anzusehen, und ging dann fort, als ob ich nie Dr. Schönhammer gewesen wäre.

DAS VERPFUSCHTE TRINKGELD

Es war früh am Morgen, und der ICE von München nach Berlin über Stuttgart, Frankfurt und so weiter war schon voll, jedenfalls der Speisewagen. Aber ein Tisch war noch frei. Ich setzte mich, und der Zug fuhr ab, ohne daß ich es so recht bemerkte. Ich hatte den Tag noch nicht wirklich begonnen und döste so vor mich hin, das heißt, ich mühte mich, das Leben in seiner krassen Form noch nicht in mein frühmorgendlich halbwaches Sein eindringen zu lassen.

Dies ließ sich leider nicht so durchführen, wie ich es mir gewünscht hätte, denn an meinem Tisch hatte das Grauen Platz genommen. Ich meine, es war nichts Außergewöhnliches, sondern es war das ganz unauffällige, normale Alltagsgrauen. In Ulm nämlich hatte mir schräg gegenüber ein grau gekleideter, relativ junger Herr Platz genommen, der, wie ich an seinem unbeteiligten Blick erkannte, geschäftlich reiste, ebenso wie die beiden grau bekleideten, kaum weiblichen Damen, die ihn, wie es schien, ausschließlich geschäftlich begleiteten. Das Gespräch, das die drei führten, hatte den Anspruch, vollständig unbedeutend zu sein, und erfüllte ihn leicht.

Ich beobachtete diese Komposition des Grauens weitaus weniger intensiv als die ausgesprochen hübsche Bedienung, die frühmorgens schon so freundlich lächeln konnte. Immer wieder wehte sie an unseren Tisch heran und brachte neben Croissants, Tee, Kaffee, Mineralwasser und Rühreiern mit Speck lächelnd Licht an unseren Tisch, an dem ohne sie nur trübe Dumpfheit herrschte.

Feige hatte ich mich der ätzenden Stimmung an meinem Tisch, zu dem ich aus Schicksals- und Platzmangelgründen zwangsverpflichtet worden war, entzogen, indem ich diese Stimmung in einem eigens dafür vorgesehenen Heft beschrieb. Mit diesem Bollwerk der inneren Distanz wollte ich mich dagegen schützen, in die sich anbahnende Orgie des Grauens hineingezogen zu werden.

Immer trüber werdender Smalltalk (schmales Gerede) vernebelte meine Sinne, und ich erörterte innerlich die Frage, ob ich ins Koma fallen oder das Wort von hinten durchleben sollte. (Zur Klärung: „Koma" von hinten liest sich „Amok".)

Da wir uns langsam der Stadt Stuttgart näherten,

forderte plötzlich der graue Herr (oder Herr des Grauens?) die Rechnung, indem er irgendwie in den leeren Raum hineinrief: „Zahlen bitte!"

Die gutgelaunte Bedienung hatte es wohl dann doch irgendwie gehört, lächelte sich nach einer Weile auf ihre Weise an unseren Tisch heran und ließ die vom Herrn gewünschte Rechnung locker auf den Tisch flattern.

Alle blickten darauf, ich auch: 43,10 DM.

Nun passierte es!

Das Grauen kennt viele Formen.

So wie es ihm wahrscheinlich nicht nur hier, sondern überall und immer öfter passierte. Natürlich weiß ich das alles nicht genau, da ich ihn ja gottseidank nicht näher kennenlernen mußte, deswegen glaube ich nur, daß ihm solche Kommunikationsoberhämmer dauernd passierten.

Leise und kaum hörbar sagte er, und sein pockennarbiges Kinn zitterte: „Fünfzig Mark!" Dazu legte er einen Hunderter auf den Tisch. Das waren knapp sieben Mark Trinkgeld! Ein großzügiges Trinkgeld, was meinen Verdacht bestätigte, daß er als Geschäftsmann das Ganze als Geschäftsessen gemeinsam mit den Reisekosten abbuchen konnte.

Gespannt blickte er sie an. Für sieben Mark konnte

er ein süßes Lächeln erwarten, aber es kam keines, denn offensichtlich hatte sie ihn nicht verstanden. Anstelle ihres Lächelns mußte sie also notgedrungen noch einmal nachfragen: „Wie bitte?", runzelte sie also die Stirn, anstatt honigsüß zu lächeln.

Er aber war noch ganz in der Erwartung ihres Lächelns versunken, das er hoffte für knapp sieben Mark preisgünstig erworben zu haben, und blieb also still.

Peinliche Stille knurrte am Tisch.

Ich hätte diesen spontanen Kommunikationsabbruch zwischen den beiden durchaus wieder in Schwung bringen können. Aber wieso sollte ich versuchen, ihm ein Lächeln zu verschaffen, das ihm aus meinem Blickwinkel gar nicht zustand?

Was ging mich es an, wenn die beiden miteinander nicht klar kamen?

Und sie kamen nicht klar. Unentschlossen kramte sie in ihrer Kellnertasche, die sie knapp unter dem Bauchnabel trug. Laut hörbar klimperte sie mit dem Kleingeld, das einen, wie ich herauszuhören glaubte, vorwurfsvollen Unterton annahm. Da begriff er endlich, daß sie ihn nicht verstanden hatte, und er wiederholte, zwar wieder leise vor sich hinnuschelnd, dafür aber mit stark expressivem Gesichtsausdruck, der ihr Verständnis allerdings nicht erweiterte: „Ffnzk Makr!", wenn es mir gestattet ist, seinen Redebeitrag lautmalerisch korrekt wiederzugeben.

Natürlich hatte sie den von ihm vorgeschlagenen Betrag immer noch nicht verstanden und war leicht genervt, denn sie hatte doch, weiß Gott, noch anderes zu tun, als notorischen Nuschlern die Höhe des Trinkgeldes aus der Nase zu ziehen. „Ich habe Sie nicht verstanden?", rollte sie gezwungenermaßen freundlich in seine Richtung, dabei sah ich aber deutlich, daß ihre Brüste, an denen mein Blick wie zufällig hängengeblieben war, aufflatterten, was durch eine heftige Serie von Atemstößen bewirkt worden war. „Mach endlich dein Maul auf und sag, was Sache ist!", hatte sie wohl geatmet, gesagt hatte sie aber, wie eben schon erwähnt, dann weitaus Harmloseres und Kundenfreundlicheres. Sie wollte keinen Streit am frühen Morgen.

Nun verlor er die Nerven. Unbeherrscht und kommunikationsmäßig absolut überfordert zeigte er die fünf Finger seiner knochigen Hand und nuschelte nun endlich laut und hörbar und in Maßen verstehbar: „Ffnzig!"

Wohl oder übel hatte sie ihn jetzt verstanden und schnell, um es hinter sich zu bringen, kramte sie in ihrer Tasche, fischte unwillig einen Fünfziger heraus und gab ihm diesen, aber wie! Knapp ihre Handbewegung, knapp ihr Kopfnicken, kurz und knapp ihr: „Danke!" Kein Lächeln, kein freundlicher Blick, kein versehentliches Aufschwappen der Brüste, gar nichts! Das hatte er nun von seinen knapp sieben Mark Trinkgeld - gar nichts!

Natürlich freute es mich.

Wieso spricht er denn nicht deutlich?

Wieso kriegt er beim Sprechen auch das Maul nicht auf?

Wieso ist er Manager, leitet Projekte und kann schon in kleinen, überschaubaren Alltagssituationen nur mit allerletzter Anstrengung gerade noch verständlich kommunizieren?

Fragen über Fragen, vor deren korrekter Beantwortung er höchstwahrscheinlich ein Leben lang fliehen wird.

„Hätte ich eingreifen sollen?", will ich nun die im Raume herumhängende Frage einmal mutig auf mich selbst lenken.

Hätte ich ihm spontan einen Rhetorik Schnellkurs mit einem kostengünstig angeschlossenen persönlichen Coaching anbieten sollen?

Hätte ich ihm auch noch vorschlagen sollen, ihn auch in Zukunft weiterhin schulend zu begleiten, so daß er sich einer Bedienung gegenüber auf Anhieb verständlich würde ausdrücken können? Hätte ich mich selbst ins Gespräch einmischen sollen und ihr sein Genuschel kompetent übersetzen sollen?

„Sie wollten zahlen?", tönte es da plötzlich unerbittlich sanft in meinen erfolglosen Gedankenstrunk.

Vor mir segelte das Rechnungsblättchen hin, als Folge eines vor einigen Minuten an sie klar hinformulierten und also auch klar verständlichen Redebeitrags meinerseits, der da lautete: „Die Rechnung bitte!"

„17,80 DM", prangte es mir da computerausgedruckt entgegen. Ruhig blickte ich sie an, fuhr dann souverän meine Redeerfahrenheit aus und sprach dann selbstverständlich wohl prononciert und mit satter, tiefer, umschmeichelnder Stimme: „20 Mark!"

„Danke!", lächelte sie freundlich zurück, und ihre Zähne blitzten unter ihrem natürlich aufgetragenen Speichellack.

„Eine schöne Reise noch!", schob sie als Zugabe dann noch nach, und nun blitzten ihre Augen, als ob wir gerade die Flitterwochen begonnen hätten. Doch da schallte es schon wieder aus der Tiefe des Raumes: „Zahlen bitte!", und riß uns aus dem kurzen Raum seligen Versinkens. Mir noch in die Augen sehend, sprach sie dem Wortlaut nach noch in Flitterwochen: „Ich komme!" Dann drehte sie sich schnell weg, kassierte und bediente weiter.

Während draußen die Landschaft in panischem Schrecken vorbeiraste, nutzte ich die Gelegenheit, diesen immer seltener werdenden Glückszustand noch einmal auszukosten: Man sagt und meint etwas, und die andere Person versteht, was man sagt und meint, und handelt voller Verständnis, so wie man es gesagt hat, und sagt und meint etwas, das man selbst spontan versteht, und endloses Glück breitet sich aus, denn da haben sich zwei verstanden.

DAS WARME GITTER

An einem schönen, kalten Wintermorgen ging ich
in Toronto so meines Weges zu einem Geschäftstermin und war dementsprechend in für meine
Verhältnisse recht vornehme Kleidung gewandet.
Ich war guter Dinge, denn die Geschäfte liefen
gut.

Mein Gesicht reckte sich jedem Sonnenstrahl, der
zwischen den Wolkenkratzern hindurchgelassen
wurde, entgegen. So wollte ich ein wenig der
zitternden Kälte entkommen. Das Thermometer
war weit unter Null gerutscht, und der Atem
dampfte einem aus dem Mund und näßte zwar,
aber wärmte die Nasenspitze nicht.

Da sah ich einen Mann mitten auf dem breiten
Bürgersteig sitzen. Ich verstand nicht, wie man
es auf dem Boden da aushalten sollte, denn dort
mußte es doch, mit Verlaub gesagt, arschkalt sein.
Als ich näher kam, bemerkte ich, daß ich mich
getäuscht hatte. Das Gegenteil war der Fall. In
den Bürgersteig war ein großes Metallgitter
eingelassen, durch das offensichtlich warme,
verbrauchte Luft aus dem unterirdisch angeleg-
ten Kaufhaus herausströmte.

Der Mann grinste mich an, und so betrachtete ich ihn genauer. Das Leben hatte ihn ordentlich zerzaust. Sein Filzhut saß schief und verdeckte kaum seine fettig verfransten Haare. Mit nur noch einem Zahn in seinem Mund bewaffnet, wirkte sein verfaltetes Gesicht etwas hilflos. Diesen Eindruck konnte auch sein Ziegenbockbart kaum abmildern. Aber er war guter Dinge. Er war nicht nur guter Dinge, sondern er hatte, um ehrlich zu bleiben, das fröhlichste und freudvollste Gesicht, das ich den ganzen Morgen über gesehen hatte. Viele Menschen waren mir schon entgegengeeilt oder hatten mich überholt, und ich hatte in harte Gesichter geblickt. Zwar faltenlos und schön frisiert, aber mit verhangenem Blick, versunken in die eigenen Gedanken, eingesperrt in das Gefängnis der eigenen Bedürfnisse, verloren im verzweifelt harten Durchsetzen der eigenen Ziele, die sich allzuoft als Illusionen enttarnen, wenn man ihnen näher kommt...

Und nun er!

Er grinste mich an und vermittelte mir eine Leichtigkeit, die ich gut gebrauchen konnte.

Er sagte: „Hi, Mister!"

Ich bemühe mich, im Folgenden das Ganze ins Deutsche zu transponieren. Man möge mir allerdings verzeihen, wenn ich die Anrede im original kanadisch-englischen Ton lasse. Denn „Hallo, mein Herr!", oder wörtlich übersetzt „Hoch, Herr!", wäre doch ein wenig zuviel des Guten.

Im Folgenden liefere ich also die Transponierung unseres Gesprächs, das mich zutiefst verblüffte und mir die unbegrenzten Möglichkeiten des Glücks deutlich vor Augen führte.

Zuerst einmal verstand ich ihn gehörig miß, denn ich blieb stehen und griff zu meiner Brieftasche. Ich wollte dem armen Kerl bei dieser hundsgemeinen Kälte einen Dollar zuschieben, damit er sich was Warmes kaufen konnte. Da bemerkte ich, daß weder seine Hand kelchartig zum Annehmen meines Dollars vorbereitet war noch einer der üblichen Pappbecher herumstand, mit denen Bettler das bei günstiger Laune Vorbeiströmender regnende Wechselgeld auffingen. Ich stutzte und bemerkte erst in diesem Moment, daß er gar nicht bettelte, sondern mich gesprächshungrig anblickte.

Er wiederholte sein „Hi, Mister!", und fuhr dann fort: „Haben Sie schon einmal so ein Glück gehabt wie ich?"

Wohl leicht irritiert blickte ich auf die schmutzige, zerrissene matratzenartige Unterlage, auf den vollständig verschmutzten Schlafsack, auf die Zeitungen, mit denen er sich ein Kopfkissen geformt hatte, auf den zerrissenen Rucksack, in dem außer Plastiktüten soweit ich sehen konnte nichts enthalten war, und versuchte mit meinem Blick wohl irgendwie, ihn um eine weitere Definition des Begriffs „Glück", der mir in seinem Zusammenhang doch im Moment nicht so ganz rüberkommen wollte, zu bitten.

„Ja", sagte er, als ob er meine Gedanken gelesen habe, „Ich habe ein gottverdammtes Glück! Schauen Sie dort oben!", und er zeigte zu einer breiten Steintreppe, die zur verschlossenen Tür einer Kirche führte. Ich blickte dorthin. Da lagen drei Gestalten, wohl seine Freunde oder Kollegen, zumindest aber sicherlich seine Schicksalsgenossen.

Er rieb sich die Hände und fragte mich: „Wissen Sie wie kalt 's da oben ist?"

Eher schüchtern fragte ich nach: „Sehr kalt?"

Er lachte, daß sein einer Zahn wackelte und nickte mit dem Kopf, als er sagte: „Verdammt kalt."

Er sagte es so, daß man diese verdammte Kälte wirklich spüren konnte, aber er hielt sich nicht lange damit auf, wischte die Kälte zur Seite und dann grinste er und hielt seine Hände in den aufsteigenden warmen Luftstrom, der ihn umgab und ihm obendrein, um in seiner Sprache zu bleiben, den Arsch wärmte.

Er wiederholte: „Was für ein verdammtes Glück ich habe. Ich habe diesen Platz hier schon die ganze Nacht." Verschmitzt fragte er: „Was meinen Sie, wie kalt es da ist?", und wieder zeigte er auf die Mumien vor der Kirchentür. Ich nickte zustimmend, so als ob ich wüßte, wie verdammt kalt es vor der Kirchentür wäre.

Ich war fassungslos.

Ich hielt meinen Dollar noch in der Hand und wußte nicht wohin damit, denn hier war ja offensichtlich kein Bedürfnis nach Geld, sondern hier war ja das Glück bereits massiv eingekehrt.

Er war so von seinem Glück umhüllt, daß er meinen Dollar nicht sah und wieder sagte: „Was für ein verdammtes Glück ich habe. Überall ist es kalt, jeder friert sich hier den gottverdammten Arsch ab, aber ich sitze hier auf meinem warmen Gitter. Hier, fühl mal!"

Auf mein Solidaritätsgefühl mit allen Glücklichen dieser Welt hoffend, hatte er mich herzlich eingeladen, sein Glück mitzufühlen, und wollte ich ihn nicht verletzen, mußte ich seiner Einladung folgen. Ob ich wollte oder nicht, ich mußte warme Luft fühlen. Also zog ich meine feinen und vor allem wunderbar wärmenden Handschuhe aus und streckte meine nun nackten Hände zum erstenmal an diesem Morgen in die bitter kalte Wirklichkeit beziehungsweise, aus anderem Blickwinkel betrachtet, hinein ins reine Glück.

Mein Schauspieltalent nutzend machte ich gute Miene zur warmen Luft, die sich, wie ich fand, doch recht schnell abkühlte.

Anerkennend schnalzte ich: „Wow! Schön warm!", während ich mir meine Handschuhe schnell wieder überzog.

In seinem Glücksrausch wurde er dreist. Mit dem Blick hoch zur Kirche, die sich zwischen zwei Hochhäusern versteckt hatte, weil sie sich ihrer Nutzlosigkeit schämte und deswegen verschlossen war, sagte er: „Was meinst du, wie die frieren, wenn sie aufwachen."

Er lachte. Durch das Unglück der anderen wollte er sein eigenes Glück noch weiter auskosten.

Ach, was ist das bloß unter uns Menschen, daß wir einander kein Glück gönnen?

So konnte ich es nicht lassen, ihn sachte darauf hinzuweisen, daß er möglicherweise sein Paradies verlieren könnte. Also sagte ich, meinen Blick hoch zur panisch verschlossenen Kirche richtend:

„Wenn die anderen da oben aufwachen, können sie doch hierherkommen und sich wärmen, oder?"

Ach, da zuckte er zusammen.

Ja, sein Glück war bedroht.

Er war nicht der Stärkste, und die Frage, ob er sein warmes Gitter im Ernstfall verteidigen konnte, war angesichts der Überzahl der Vermummten keine wirkliche. Kompromisse gab es nicht, denn das Gitter reichte knapp für einen. Sorgenvoll zerknautschte er sein Gesicht. Ich kam mir schäbig vor, daß ich ihm seinen forsch vorgetragenen Triumph mit einem durchaus beängstigenden Blickwinkel versehen hatte. Allerdings hatte ich nicht mit seiner hohen Eigenmotivationsenergie gerechnet, denn sofort hellte sich sein Gesicht wieder auf: „Sie kommen nicht!", wußte er schnell und breitete sich im Geiste sein Glück verteidigend auf dem warmen Gitter aus. Reumütig nickte ich. So stimmte ich zu, daß sie nicht kommen würden, und also sein Glück nicht bedroht war.

Ich verabschiedete mich freundlich und wünschte ihm noch alles Gute. Als ich ein paar Schritte gegangen war, rief er mir nach: „Mach dir keine Sorgen, die anderen kommen nicht." Ich winkte ihm und zeigte ihm so, daß ich mir keine Sorgen machte und dann ging ich endgültig fort vom Ort, den das Glück so heftig heimgesucht hatte.

Noch eine ganze Weile hingen schwerwiegende Gedanken um mich herum, die besagten, daß Glück wirklich relativ ist.

Nein, wirklich sicher war ich mir nicht, daß ich nicht doch eines Tages die Schicksalstreppe hinunterstolpern würde und dann vielleicht an einem kalten Januarmorgen irgendwo auf dieser gottverdammten Welt einen Platz auf einem warmen Gitter finden würde, das war doch wirklich ein tiefer Trost. Denn eines hatte ich an diesem Morgen schon gelernt: Das Glück kann einen überall treffen, egal wo man gerade ist. Und wenn man dann noch genügend Kraft hat zu denken, daß die anderen nicht kommen, was soll einem dann noch passieren?

OH, FERDINAND!

Als ich sechs Jahre alt war, hatte ich einen Freund, und der hieß Ferdinand.

Wenn ich in dieser Geschichte hin und wieder einen hymnischen Ton anschlage, dann deshalb, um zu verdeutlichen, wie stark mich sein Schicksal heute noch bewegt.

Ach, Ferdinand!

Du warst nicht helle im Kopf, aber du hattest ein gutes Herz, das aber die anderen nicht wahrnehmen konnten oder wollten. Deswegen haben sie dich immer bei allem ausgeschlossen oder sie haben dich gequält, denn du eignetest dich hervorragend als Sündenbock.

Wie oft wurdest du verprügelt für etwas, das andere verbrochen hatten.

Mitgefühl und meine ausgesprochene Zuneigung zu Verlierern trieben mich immer auf deine Seite, so habe ich für dich gekämpft und hatte dich mit meiner jungen Autorität unter meinen persönlichen Schutz gestellt.

Oft habe ich dir mein Pausenbrot gegeben, weil du deines entweder verloren hattest oder zu Hause

hattest liegen lassen oder gar keines mitgenom-
men hattest, weil du gar keines mitbekommen
hattest.

Dankbar grinsend verschlangst du meine Leber-
wurstbrote, Salamibrote und nußgefüllten Honig-
hörnchen.

Wenn ich dir Geld geliehen hatte, so wurde mir
spontan im Moment der Übergabe klar, daß du
eine Rückgabe noch nicht einmal in Erwägung
ziehen würdest.

Wir waren Freunde, weil mich deine Hilflosig-
keit zutiefst erreichte, berührte und bewegte und
ich von meinen Eltern, die zu den Armen und
Schwachen gehörten, gelehrt worden war, den
Armen und Schwachen immer zu helfen.

Oft kam ich nachmittags zu dir, um dir bei den
Hausaufgaben zu helfen beziehungsweise sie an
deiner statt zu machen. Als ich bei dieser Gelegenheit deine Eltern kennenlernte, verstand ich
vieles.

Die dauernörgelnde Mutter und der bitterböse, ein-
armige, kriegsbeschädigte Vater, der dich verach-
tete, weil er in seinem bitteren Herzen früh
beschlossen hatte, daß aus dir nichts werden solle,
oder anders gesagt, daß aus dir das gleiche werden solle wie aus ihm.

Ach, Ferdinand!

Deiner Sprache fehlte es an Klarheit: Irgend etwas in deinem Munde war verwachsen. War deine Zunge zu dick oder gar am Unterkiefer angewachsen, egal welche Ursachen in deinem Munde wirkten, man konnte dich nur schwer verstehen. Auch hatte dir die Natur kein anmutiges Äußeres verliehen.

Du warst mit keinerlei Begabung gesegnet, und deine Überweisung in die Hilfsschule, wie die Sonderschule damals hieß, war nur noch eine Frage der Zeit.

Ferdinand, auf jeder Meßleiter, die man in jungen Jahren so schnell bei der Hand hatte, um herauszufinden, wer der Beste war, standest du von Anfang an auf der untersten Sprosse, auf der du dann auch konsequent stehenbliebst.

Jede Frage in der Schule beantwortetest du mit sicherem Gefühl für alles Paradoxe falsch. Im Fußballspiel trafst du nie den Ball, statt dessen pflügtest du den Platz wie im Märzen der Bauer das Feld.

Du konntest dir Witze nicht merken und wolltest doch immer welche erzählen, und das alles noch mit deinem Sprachfehler.

In jedem Zweikampf, den du unüberlegt ohne

sicheres Augenmaß für die Kraft deines Feindes vom Zaune brachst, unterlagst du.

Doch einmal hast du es sogar geschafft, den Lehrer aus dem Konzept zu bringen: Pädagogisch gut aufgerüstet hatte der Lehrer, von dem ich nur noch weiß, daß er einen Kopf wie eine Billardkugel hatte, folgendes Statement abgegeben: „Man darf Haustiere nicht küssen, denn dann können sich Bakterien übertragen, und es kann zu schlimmen Krankheiten kommen."

Um Anschaulichkeit und um Interaktion mit seinen Schülern bemüht, fragte er freundlich in die Runde junger Dämmerer: „Kennt einer von euch eine Geschichte, wo so etwas passiert ist?" Da meldete sich Ferdi, wie wir damals Ferdinand nannten, erhob sich und erzählte nun, indem er stolz in die Runde blickte, seine Geschichte, die den pädagogischen Impuls des Billardkugelkopflehrers untermauern sollte: „Meine Tante hatte einen kleinen Hund, den hat sie immer geküßt." Lobend nickte Billardkugel und wollte nun den Rest der erzählerischen Bedeutungslosigkeit hören.

„Und was ist passiert?", fragte grinsend die Kugel. Ferdinand grinste ebenfalls, legte dabei sein beeindruckendes Gebiß frei und formulierte frisch, fromm, fröhlich, frei: „Der Hund ist gestorben."

Was sich heute als guter Witz anhört, war damals keiner. Weder wir Schüler noch die Billardkugel mußten lachen, auch Ferdi mußte nicht lachen. Grinsend setzte er sich und zuckte mit den Schultern, was etwa bedeuten sollte: „Ich habe es versucht, aber irgendetwas stimmte nicht..."

Ach, Ferdinand!

Als meine Familie dann mit mir aus meinem kleinen Dorf im Rheingau in ein kleines Dorf nach Bayern zog, verlor ich Ferdinand aus den Augen. Und das ist nunmal das Vorrecht der Kinder: Aus den Augen, aus dem Sinn!

Doch dann, in meinem jungreifen Alter von 15 Jahren, renovierte Vater während der Sommerferien unser kleines Häuschen in meinem kleinen Heimatort am Rhein, in dem meine Oma noch wohnte.

Ich hatte meinem Vater damals versprochen zu helfen, außerdem hatte er es angeordnet.

Von meiner Oma hatte ich erfahren, daß Ferdinand, nach dem ich mich gleich nach meiner Ankunft erkundigt hatte, eine Maler- und Tüncherlehre begonnen hatte.

Jetzt sah ich die Chance, etwas für Ferdinand zu

tun, und bat meinen Vater schmeichelnd: „Vater, Ferdinand könnte doch die Fenster anstreichen. Wir hätten dann Zeit für anderes."

„Gut!", sagte mein Vater, „ich gebe ihm fünfzig Mark dafür."

Gleich lief ich zu der Wohnung von Ferdinands Eltern. Die Adresse war gleich geblieben.

Seine Mutter war zu Hause. Ich übermittelte ihr die frohe Botschaft, daß Ferdinand arbeiten und Geld verdienen könne. Mit müder Freude sagte sie: „Er wird sich sicher freuen, denn er wechselt gerade die Lehrstelle, und da hat er viel Zeit."

Auf meinen fragenden Blick sah sie schnell auf den Putzeimer, in den sie den mit einem Putz-lumpen umkleideten Schrubber steckte. Ich ver-stand ihre freundliche Umschreibung der Tatsa-che, daß Ferdinand wieder bei einer Lehrstelle rausgeflogen war, sehr wohl und zog mich diskret zurück. Ich wollte nicht, daß sie mir womöglich ihr ganzes Herz ausschüttete.

Am nächsten Tag war Ferdinand unversehens da. Er hatte einen weißen Kittel an, der profes-sionell mit Farbe vollgespritzt war, einen Topf Farbe in der einen und einen langstieligen Pin-sel in der anderen Hand. Nachdem wir kurz un-sere Wiedersehensfreude hatten aufblitzen lassen, die sich in relativ weiträumigen Fragen äußerte wie etwa: „Na, wie geht es dir denn?"

„Mir gut und dir?"

„Auch gut", machte er sich unverzüglich an die Arbeit. Es gab viele Fenster zu schleifen und anzustreichen, und also fing er an.

Erst einmal faltete er sich aus Zeitungspapier, das ich ihm auf seine Anordnung (!) hin gebracht hatte, ein Schiffchen, das er sich dann umgekehrt auf den Kopf setzte. Obwohl von oben eigentlich keine Farbtropfen zu erwarten waren, brauchte er ein Schiffchen auf dem Kopf, denn so hatte er es gelernt und nun machte er ganz logisch das, was er gelernt hatte.

Er arbeitete hart.

Auf meine lustigen und augenzwinkernd vorgetragenen Anspielungen über unsere frühere Zeit ging er nicht ein. Ich verstand das ohne weiteres; er wollte den Neubeginn nun als gestandener Handwerker nutzen, um seinen Ruf als Inhaber einer gescheiterten Existenz umfassend loszuwerden.

Zumindest wollte er mir zeigen, daß aus ihm doch etwas geworden war.

Ach, Ferdinand!

Du warfst dich mit allem, was du hattest, in die

dir aufgetragene Arbeit. Alle Fenster, die du in kürzester Zeit geschliffen und angestrichen hattest, stapeltest du geschickt übereinander. Ich bewunderte, wie sicher du mit dem Klebeband hantiertest, vor allem, wie kunstvoll du die Fenster aufeinanderlegtest, ohne daß angestrichene Seiten aufeinanderlagen. Geschickt nutztest du den Fensterhebel, damit sicher war, daß wirklich keine frisch gestrichene Fläche mit einer anderen frisch gestrichenen verkleben konnte.

Ach, Ferdinand!

Sowohl mein Vater, als auch meine Mutter, meine Schwester, meine Oma und vor allem ich blickten wohlgefällig auf dein Werk, das du im Hof nahe der Küchenfensterfront so gekonnt aufeinandergestapelt hattest.

Ja, du hattest es geschafft, wir waren alle überzeugt: Aus dir war etwas geworden! Ja, so ahnten wir alle zukunftsschwanger: Du würdest deinen Mann stehen. Du würdest der Welt zeigen, daß man auch nach gehörigem Fehlstart noch einen der vorderen Ränge unter ehrbaren Bürgern und Handwerkern einnehmen könnte.

Ferdinand, mir sind die Wege des Schicksals unbekannt!

Auch ich bin dem Schicksal unterworfen wie du!

Aber, Ferdinand!

Welcher Teufel ritt dich, als du am Küchenfensterrahmen zum Hof hin oben in der Ecke eine Stelle fandest, die „nicht weiß genug war", wie du dich ausdrücktest?

Warum wolltest du das Werk meines Vaters kritisieren?

Warum wolltest du unbedingt den unbarmherzig professionellen Fachmann mimen?

Warum konntest du mit dem Ziel, ein einfacher und ehrbarer Handwerker zu sein, nicht zufrieden sein, warum griffest du nach dem so hochgesteckten Ziel, Maler- und Tünchermeister aller Klassen zu werden?

Warum, Ferdinand?

Warum nahmst du die alte Volksweisheit „Übermut tut selten gut" nicht so verdammt ernst, wie man eine verdammt gute Volksweisheit nehmen muß?

Ferdinand, warum?

Du nahmst dir die Leiter, stelltest sie neben dein Stapelwerk und stiegst vollständig ungefragt und unerwünscht hoch, um dann von außen den Fensterrahmen „vollkommen weiß zu machen", wie du sagtest.

Du nahmst deinen langstieligen Pinsel und fuhrst

mit ihm professionell ins Eck, um zu weißen, was vorher abgeblättert und schmutzig beige geblieben war.

Ach, Ferdinand!

Sicherlich war es gut von dir gemeint. Mein Vater sah kritikunwillig und zähneknirschend ein, daß du professionell korrigiert hattest, was er „vielleicht in Eile übersehen hatte", wie er gepreßt formulierte. Auch ich akzeptierte deinen Eingriff, der doch zeigte, daß deine Berufsehre dich ergriffen hatte und ein Drang nach Vollkommenheit, den nur die ganz Großen kennen, in dir waltete und schaltete.

Ach, Ferdinand!

Warum wurdest du plötzlich beim rückwärts absteigen so unsicher?

Ferdinand, warum?

Was war in dich gefahren, daß du die Stufen der Stehleiter nicht mehr trafst?

Ferdinand, du warst doch Fachmann, warst doch inzwischen von mir und den Meinen nach deiner professionellen Performance anerkannt worden und hattest von uns doch schon alle unsere wohlgefälligen und wohlmeinenden Blicke erhalten!

Ferdinand, warum?

Warum wackeltest du plötzlich?

Was wackelte in dir?

Warum verlorst du den Halt?

Oh, Ferdinand!

Das Unfaßbare geschah vor unseren Augen: Ferdinand geriet ins Wanken und versuchte, mit nach hinten gerecktem Bein von der wankenden Leiter zu springen, aber es ging nicht, irgendwie hing er fest. Blitzschnell änderte er die Taktik und versuchte schwer beschuht nach hinten zu treten, um den ersehnten Halt zu finden. Er fand auch Halt, aber nicht den ersehnten.

Der Halt, den er fand, erwies sich als äußerst gläsern. Nur scheinbar kam er auf dem zuoberst gelagerten Fenster zu stehen, dann brach er durch. Die Scheibe hielt ihn nicht. Auch die Scheibe darunter, sozusagen die Unterscheibe, die zum nächstunteren Fenster gehörte, hielt ihn nicht, und was die oberen zwei nicht konnten, konnte auch die drittoberste nicht und auch die viertoberste nicht, und auch die folgenden drei Scheiben waren nicht in der Lage, sich dem Rausch der Erdanziehung, dem sich Ferdinand wohl oder übel hingeben mußte, zu widersetzen.

Kurzum, Ferdinand hatte alle aufgestapelten Fenster durchtreten.

Solange er auf seiner Reise nach unten war,

knackte Glas, das splitternd vor Ferdinand floh und dabei in tausend Stücke zerbrach.

Dann endlich kam Stillstand in diesen wildgewordenen Exzeß der Erdanziehung. Ferdinand hatte die Abwärtsreise so abrupt beendet, wie er sie konfus begonnen hatte. Bis zu seinem Schöpfungsorgan stand er in Fenstern.

Ich half ihm vorsichtig heraus, wobei er noch zwei weitere, nebengelagerte Fenster zertrat. Zum Glück ohne sich körperlich zu verletzen.

Er blickte am Kirchturm vorbei in die Ferne, ich weiß nicht, was er in diesem Moment gedacht hat, vielleicht hat er sich unmißverständlich klargemacht, daß er alles verspielt hatte - für immer. Wer weiß schon, was einer in solch einer Niederlage denkt. Vielleicht dachte er auch nur: „Hoffentlich bekomme ich mein Geld, das ich nicht verdient habe, und muß den Schaden, den ich verursacht habe, nicht bezahlen..."

Ich rechne es meinem Vater hoch an, daß er trotz seiner geschwollenen Hals- und Stirnschlagader Ferdinand vereinbarungsgemäß bezahlte, von einer weiteren Mitarbeit allerdings deutlich absah.

„Ich werde es dich wissen lassen, wenn ich dich wieder brauche!", formulierte mein Vater sehr freundlich das, was er meinte, und das war: „Ver-

schwinde und laß dich hier nie wieder sehen!"
Natürlich verstand Ferdinand, was mein Vater
meinte, und ließ sich nie wieder sehen.

Auch ich habe Ferdinand seither nie wieder gesehen.

Meine Mutter, die immer alles weiß, was sich in
unserem kleinen Dorf abspielt, erzählte mir sehr
viel später, daß Ferdinand Fernfahrer geworden
sei, aber wegen einer Alkoholgeschichte den Füh-
rerschein verloren habe, und daß er sich dann zu
allem Unglück noch sehr unglücklich verheiratet
habe, und daß die Scheidung nur noch eine Frage
der Zeit sei.

Ach, Ferdinand!

GÜNTHER UND MUTTI

Man braucht ja auch schließlich mal Tapeten-
wechsel.

Um dieser Volksweisheit genüge zu tun, hatte ich
also auch einmal einen solchen Wechsel vorge-
nommen und stand anschließend staunend vor jener frisch gewechselten Tapete: In den stahlblau-
en Himmel sprenkeln sich Möven und spiegeln
sich im türkisen Meerwasser, das sich hie und da
tief bewegt, aber immer weißschäumend an dunk-
lem Felsen bricht und frischen Algengeruch und
Salzgeschmack zum freudigen Sinnengenuß
anbietet.

Wem diese sprachlich aufwendige Einleitung zu
übertrieben erscheint, für den will ich es noch einmal einfach und überschaubar formulieren: Während eines Osterurlaubes auf Lanzarote, der nörd-
lichsten kanarischen Insel, lag ich am Strand. Faul
dösend genoß ich die Sonne, vor der ich mich
allerdings gleichzeitig mit Sonnenfaktor 30 schützen mußte.

Unter meinem Strohhut linste ich träge und son-
nenbrillengeschützt hervor.

Außer daß ich spürte, wie mein Gehirn austrocknete, geschah nichts.

Alles, was auf das weiße Blatt Papier vor mir tropfte, war Schweiß.

Gerade als ich jammernd dachte: „Ach, das Leben flieht mich wieder", erschien es.

Den Sandweg zum Strand stapften zwei Menschen heran. Daß sie Menschen waren, ließ sich leicht an der hellen Haut erkennen. Die meisten Tiere tragen doch entweder Federn oder Pelz, kaum eines trägt helle Haut, außer dem Schwein vielleicht?

Auch daß es Mann und Frau waren, ließ sich leicht erkennen, denn er trug eine Badehose und sie einen Badeanzug und außerdem trug sie die Tasche.

Als sie in meine Hörweite kamen und ich mich in ihren Dialog aufgrund muttersprachlichen Verständnisses einschalten konnte, stand fest: Das sind zwei sprachbegabte Wesen, die die Evolution uns als Krone der Schöpfung präsentiert.

Noch gingen sie Hand in Hand, und er nannte sie Mutti, und sie nannte ihn Günther. Das Alter der beiden war schwer zu schätzen, sie hatten so etwas Zeitloses an sich. Irgendwo in der endlosen Weite des Rentenalters mochten sie sich verlaufen haben.

Es war der Gang der beiden, der meinen träge dahin schweifenden Blick gefangen genommen hatte.

Günther ließ die Schultern hängen, und deshalb baumelten seine Arme kraftlos an seinen Körperseiten herum. Immerhin reichten sie bis kurz über seine Knie. Im Grunde genommen war es kein richtiges Gehen, mittels dessen er sich vorwärts bewegte, sondern eher ein nach vorne Kippen seines Körpers, dessen Sturz er dann dadurch vermied, daß er ein Bein schnell abstützend nach vorne schleuderte, da allerdings der Oberkörper weiter stürzte, war Günther gezwungen, schon wieder das nächste Bein nach vorne zu schleudern und dann abwechselnd immer weiter.

Ganz anders dagegen Mutti, ihre muskulösen Beine, die Enormes zu tragen hatten, bewegten sich so, als ob sie Schlittschuh fahren würde, und ihren Oberkörper trug sie weit hinten. Wenn sie dazu noch ihre Arme energisch schlenkerte, sah es aus, als ginge sie rückwärts. Natürlich muß das eine optische Täuschung gewesen sein, denn sie kam vorwärts und hielt mit dem nach vorne stürzenden Günther locker Schritt.

Sie wollten zum Strand, aber plötzlich löste Mutti ihre Hand aus der seinen und stand abrupt still.

Es war offensichtlich: Mutti gelüstete es nach einem Disput und gehen und sprechen mochte sie wohl nicht. Bei den Pferden ist es ähnlich, die können nicht zwei Dinge auf einmal tun. Wenn man ein Pferd während des Reitens füttert, dann stolpert es.

Ganz in meiner Nähe standen sie nun da, mich sahen sie nicht, weil ich mich unterhalb ihres Gesichtsfeldes befand. Jetzt erst, als Mutti ihren Kopf wandte und ihn aus dem Gegenlicht herausdrehte, sah ich es: Mutti hatte sich ein Stückchen Papierserviette auf die Nase geklebt, um sie vor weiterer Verbrennung zu schützen. Das Ganze gab ihr die sympathische Ausstrahlung eines Nashorns. Günthers Horn war unverbrannt und trug eine Kassenbrille.

Nun durfte ich also ihr Gespräch mitanhören, durfte sozusagen mitten hinein ins Leben horchen. „Mutti, was ist denn?", fragte Günther, um die Gründe ihres abrupten Stehenbleibens zu erforschen. Das war von Günther unvorsichtig und unüberlegt. Ich jedenfalls hätte ihm empfohlen, diese Frage nicht zu stellen.

„Ich bin stinkesauer!", schrie es sofort dem Frager reichlich unbeherrscht entgegen.

Hätte er nur auf meinen Rat gehört!

Schnell blickte er um sich, um sich zu vergewissern, daß auch niemand seine Demütigung miterlebte, aber da er zu seinen Füßen niemanden vermutete, fühlte er sich sicher beziehungsweise froh, daß es keinen Zeugen gäbe, der nun miterleben konnte, wie er nach allen Regeln der Kunst zur Schnecke gemacht würde.

Günther wollte ihre Redepause zur Flucht nutzen, sein Oberkörper stürzte schon wieder nach vorne, und das Bein begann, ihn abzustützen, aber als er weiter stürzen wollte, da traf ihn ihre Frage wie eine Keule, die seinen Oberkörper so traf, daß er aufrecht stehenblieb und wegstürzende Flucht nicht einmal mehr erwog. Er wußte nun endgültig, daß er dran war.

„Wieso hast du die Sonnenmilch nicht zugedreht?", traf ihn ihre scharf und mit gefährlich rasselnder Stimme vorgetragene Frage ins Steißbein und fauchte ihm von dort die Wirbelsäule entlang bis hoch in den Nacken.

Nun hing er fest. Was sollte er denn darauf sagen? Die Wahrheit?

Sein Schicksal erreichte mich. Es war nicht nur seine körperliche Nähe, die bewirkte, daß ich mich ihm nahe fühlte. Da war in ihm ein Hilferuf hörbar, den ich feinnervig, wie ich nunmal bin, wahrnahm und auf den hin ich beschloß, ihm zu helfen.

„Günther, bitte antworte nicht, das ist eine Fangfrage", sendete ich ihm ins Unterbewußte, auf daß es von dort aufsteige. Günther war empfänglich für Telepathie, das merkte ich sofort daran, daß er nichts sagte. Er gehorchte mir. Obwohl wir beide im Moment wenig gemein hatten, war er doch einmal, bevor er freiwillig in Knechtschaft geraten war, ein Mann gewesen. So durfte und konnte er mit meiner Solidarität rechnen.

„Willst du sagen, ich hätte die Sonnenmilch nicht zugedreht?", grunzte sie ihn an. Als ob sie geahnt hätte, daß Günther männliche Unterstützung erhalten sollte, hatte sie diesen Satz in seine Richtung abgefeuert.

„Günther, sag nichts! Um Gottes Willen, bleib trotzig still! Günther, laß sie auflaufen! Günther, du warst einmal ein Mann, erinnere dich! Günther, mein Gott, Günther, wenn du jetzt trotzig verstummst, dann ist das klarer Widerstand, der dir deine geraubte Manneswürde wiedergibt!", so sendete ich ihm wortlos die Kraft, die er brauchte, um einer Kastration zu entgehen.

Freudig sah ich, daß mein Mühen fruchtete, Günther formte seine schaufelartigen Hände zu

Fäusten. Noch schwangen sie wie arbeitslose Abrißbirnen hin und her, doch signalisierten sie langsam aufkeimenden Widerstand.

„Weiter so!", sendete ich ihm von meinem Bewußtsein direkt in sein Unterbewußtes, von wo aus meine Hilfe sich unter größten Mühen in sein Bewußtsein vorarbeitete. Ja, ich wollte ihm helfen. Ja, ich wollte ihn aus selbstverschuldeter Kriegsgefangenschaft befreien. Ja, ich wollte ihn, schwerverletzt wie er war, ins Lazarett für alle Verwundeten im Kampf der Geschlechter überweisen und seine Genesung dort persönlich überwachen. Günther sollte spüren, daß wir Männer, auch wenn wir im Moment alle ziemlich verstreut in den Schützengräben dieser Welt unser Dasein fristen, noch eine Kette bilden konnten, die uns stärkte, auch wenn die Frauen derzeit mit den Haubitzen der Gleichberechtigung ein Dauerfeuer eröffnet hatten, das uns bald zur Kapitulation zwingen würde.

Ehe ich mich versah, war dieser Moment hier auf dieser lavaüberströmten Ferieninsel zum Schlachtfeld geworden, auf dem die Entscheidung erzwungen werden sollte.

Mein Gott, Günther, die Gedemütigten und Geknechteten dieser Welt blickten alle in diesem

Moment auf dich. Ich glaube, alle durch unge-
schickte Lebensführung in Abhängigkeit geratenen Männer hielten den Atem an.

Es wurde still auf der Welt.

Günthers Fäuste baumelten nicht mehr arbeitslos
herum, sondern er hatte sie jetzt an seine Körper-
seite gepreßt beziehungsweise sie seitlich knapp
über seine Knie gesetzt. Günther war zum offenen
Widerstand bereit.

Mutti stand da, die Hände auf den weit abstehen-
den Lenden abgestützt, die Fußspitzen nach außen zeigend, befehlsmäßig in den Knien wippend.

Ahnte sie, daß Günther alles auf eine Karte setzen
wollte?

Ahnte sie, daß der Sieg, der ihr und ihren welt-
weit verbündeten Geschlechtsgenossinnen in
greifbarer Nähe schien, bald für immer verspielt
sein könnte?

Ahnte sie, daß alles in Günthers Händen beziehungsweise Fäusten lag?

Natürlich ahnte sie, daß Günther zum Angriff
rüstete, denn sie donnerte eine wuchtige Salve
ab: „Günther", schrie sie, und seine Fäuste
zitterten.

„Durchhalten!", schrie ich innerlich entfesselt. Ich
hatte längst gespürt, worum es hier ging: Um alles

oder nichts!

„Willst du etwa sagen, ich hätte die Sonnenmilch nicht zugedreht?", zündete sie ihre Bombe.

„Günther, jetzt!", schrie ich stimmlos. „Attacke!" Seine Fäuste spannten sich wieder. „Gut, Günther", munterte ich ihn als ausgefuchster Pädagoge auf. „Jetzt, Günther, antworte ihr. Sage ihr mit fester Stimme: Ja, du hast die Sonnenmilch nicht zugedreht, und dann vernichte sie mit der höllisch gemeinen Anrede: Du Nashorn! Günther, wage es. Mein Gott, Günther!"

Seine Fäuste blieben fest, aber er blieb stumm. Da hörte ich plötzlich seine Stimme, aber sie erklang in mir. Was war das?

Ah, er war in inneren Kontakt mit mir, seinem Feldherren getreten. Gedehnt fragte er mich: „Muß ich das mit dem Nashorn wirklich sagen?"

Wir sind alle schwach, in entscheidenden Situationen machen wir alle Fehler, gehen wir Kompromisse ein, die fatale Folgen nach sich ziehen. Warum sollte ich da anders sein als all die anderen? Ich bin ein Mann und mit all den Schwächen geschlagen, die sich bei unserem Geschlecht nun einmal festgesetzt haben. Ach, diese verfluchte Weichherzigkeit, die uns Männern immer wieder in entscheidenden Momenten dazwischen kommt und aus uns Männern Memmen macht. Soviel in der Weltgeschichte ist schief gelaufen, weil Männer ihren besiegten Feind nicht vernichtet haben, sondern ihm über den Gnadenweg die Möglichkeit zur Rache angeboten haben. Warum habe ich damals nicht gesagt: „Ja, Günther, du mußt das mit dem Nashorn unbedingt sagen!" Stattdessen sendete ich ihm milde: „Also gut, Günther, laß das mit dem Nashorn weg." Ich wollte ihm zeigen, daß ich Verständnis für seine schwierige Situation hätte. Aber so hatte ich eben gegen das Prinzip „alles oder nichts!" verstoßen, oder besser gesagt, ihm zum Durchbruch verholfen, aber leider gegen uns!

Wie dem auch sei, das Nashorn nutzte die Lücke!

„Günther, sag bloß, du willst sagen, ich habe die Sonnenmilch nicht zugedreht." Ihre Worte schnitten wie Kastrationsmesser auf Günther ein. Seine Fäuste zuckten in Richtung dessen, was da endgültig abgeschnitten werden sollte, und ich wußte in diesem Moment, daß die Schlacht verloren war. Unser Zögern, unsere verfluchte Unsicherheit, ob wir das Nashorn auch Nashorn nennen sollten, war uns zum Verhängnis geworden. Wir hatten verloren, was einen Mann zum Manne macht: Eine Tat bis zum konsequenten Ende durchzuführen! Ich hörte noch das Aufheulen Millionen hoffnungsberaubter Männer, doch dies wurde bald übertönt durch das Wetzen der Messer, die die Gegenseite zur Siegesfeier vorbereitete.

„Nein, natürlich nicht", hing Günther seine weiße Fahne heraus und kapitulierte bedingungslos. Traurig blickte ich seiner kurvigen Krampfader nach, die sich irgendwo in seiner Kniekehle verlief.

„Hier, sieh her!", keifte sie siegestrunken los und hielt ihm die Badetasche vor Augen.

Nur mühsam kam er ihrem Befehl nach, denn er wollte den langen Weg der Demütigungen, der nun vor ihm lag, nicht gehen.

Aber er mußte.

Seine Fäuste öffneten sich und verwandelten sich wieder in die Schaufeln, die sie vorher gewesen waren. Dadurch, daß er den Rücken furchtsam rundete, erreichten seine Hände jetzt seitlich die Kniekehlen. Was sollte er machen? Er war aufgefordert worden hinzuschauen, also blickte er auf den ekligen Fleck, der sich als Folge der Sonnenmilchdurchweichung außen an der Badetasche gebildet hatte. Wie gesagt, er wußte, daß das erst der Anfang war, und ich konnte an dem weiteren Abrunden seines Rückens, das er gerade vornahm, erkennen, daß er sich rüstete für noch mehr.

Wer sich rüstet, dem kommt es auch.

Sie zog ein Handtuch heraus.

„Hier, sieh her, alles versaut!" Da das Handtuch kariert war, waren hier Flecken nicht gut zu erkennen, also nahm sie das Handtuch in die linke Hand und zeigte mit der rechten zeigebefingerten darauf: „Hier... und hier... und hier." Mit fast wissenschaftlichem Interesse folgte er ihrem Vortrag.

Dann ging es weiter, alles, was sie in ihrem Triumphmarsch nun aus der Tasche zog, war irgendwie sonnenmilchbefleckt: Ihr Badeanzug mit den zwei eingenähten Körben - der kleidungstechnisch korrekte Begriff „Körbchen" ist wegen der Größe der Körbe in diesem Zusammenhang hier irreführend - war sonnenmilchgetränkt, seine Ersatzbadehose war hinten feucht, das Buch, dessen Titel ich glücklicherweise nicht erkennen konnte, war sonnenmilchverklebt, das Sonnenbrillenetui war sonnenmilchgefüllt, ihre grüngenoppte Bademütze war sonnenmilchgetunkt, und was das Übelste war, die offene Tempotaschentuchpackung war total sonnenmilchdurchflutet.

Günther fühlte sich gar nicht so unwohl in seiner Kriegsgefangenschaft, die er nun angetreten hatte. Ja, es hatte den Anschein, als würde Günther sich freuen, daß er als sonnenmilchgetränkter Kleiderständer fungieren durfte. Sie hatte ihn nämlich während ihrer Auspackaktion einfach mit allem vollgehängt, was sie aus der Tasche sonnenmilchdurchtränkt gezogen hatte. Er hatte still gestanden und, wie schon erwähnt, seine Haftstrafe angetreten.

Irgendwann fischte Mutti immer noch zornig angeekelt aus der weißlichen Brühe, die sich unten in der undicht tropfenden Badetasche gesammelt hatte, die leere Sonnenmilchplastikflasche und etwas später den dazugehörigen Schraubverschluß heraus.

Nun trat der handtuch- und badeanzug- und badehosebehangene Günther in Aktion. Schnell packte er Flasche und Verschluß und schraubte die Sonnenmilch ordnungsgemäß zu, ja, dem ganz aufmerksamen Beobachter konnte nicht entgehen, daß er den Schraubverschluß so heftig zudrehte, daß dieser fast durchdrehte. Es sah einen Moment lang so aus, als drehe er der Flasche den Hals um.

„Aha!", dachte ich, als ich das sah, „da ist noch

ein Restwiderstand". Ganz ehrlich: Ich verstand Günther nicht mehr. Warum ging er nicht völlig abgestumpft in jene unengagierte, vertrotzte Dienst-nach-Vorschrift-Haltung, die wir geknechteten Männer einnahmen, wenn wir im Haushalt helfen mußten?

Stattdessen begann er ganz dienstfertig, überall Flecken zu wischen. Sie sah ihm wohlgefällig zu, denn er gab wirklich sein Bestes, hatte er doch den Weg gefunden, um die Aufgebrachte zu befriedigen. Ja, fast freudig wischte er mit bloßer Hand die Tasche aus. Die Sonnenmilch, die sich hierbei in seiner Hand sammelte, verteilte er schnell und unauffällig auf seinem Körper. Irgendwie hatte er einen Plan, aber welchen?

Sie stand kontrollierend daneben und genoß ihre Macht. Schön hatte sie ihn an seine Schuld gekettet und nun ließ sie ihn rasselnd an dieser Kette gefesselt tanzen. Günther tanzte hochmotiviert, ja er tanzte sich in einen Arbeitsrausch. Akribisch reinigte er alles von der Milch, die er dann auf seinem Körper verrieb. Ja, sogar seinen Rücken, den er aufgrund seiner langen Arme locker erreichte, cremte er sorgfältig ein.

Langsam dämmerte mir sein Plan. Günther war von der offenen Kriegführung, die ich ihm

empfohlen hatte und die sich als katastrophal her-
ausgestellt hatte, zur Guerillataktik übergegangen.
Als sie gingen, trat mir Günther auf die Hand. Er
zuckte zusammen und ich auch. Unsere Blicke
kreuzten sich. Zwinkerte er mir sogar zu? Ich war
mir nicht sicher, das Gegenlicht blendete mich,
und zu einem aufklärenden Dialog hatte es nicht
gereicht.

Dann gingen sie fort.

Nachdem ich noch eine Weile sonnendurchflutet
über den verheerenden Untergang des vormals
so stolzen und starken Männergeschlechts nach-
gedacht hatte, wurde es mir einfach zu heiß.

Als ich knietief im Wasser stand, erkannte ich in
einiger Ferne an den Kopfformen Günther und
Mutti, die bis zum Halse in der Kühlung standen.
Ich warf mich ins kühle Wasser und schwamm
hinaus. Als ich dicht an ihnen vorbeischwamm,
erhaschte ich einen schnellen siegessicheren Blick
von Günther.

Was war das?

Günther, was hast du gemacht?

Mein Gott, Günther, antworte!

Ich drehte mich um und sah, daß die beiden sich
Richtung Ufer bewegten.

Wie auf Günthers Befehl, der sich aus meinem

Unterbewußtsein langsam in mein Bewußtsein hocharbeitete, schwamm ich beiden hinterher, und als sie aus dem Wasser stiegen, sah ich, was Günther mir zeigen wollte. Während auf seinen sonnenmilchgetränkten Schultern das Wasser abperlte und wohlgebräunte Haut freigab, war ihr Rücken, dort wo Stoff nicht die Haut bedeckte, krebsrot, und auf ihren Schultern schimmerten, von der untergehenden Sonne eindrucksvoll beschienen, eine ganze Serie erbsengroßer Brand- blasen.

DIE LIQUIDIERTE KUH

Während meiner Bundeswehrzeit, in der jeder junge Mann, der in Deutschland aufwächst, jede Menge Zeit verliert, lernte ich zwangsläufig viele Menschen, bevorzugt Männer kennen. All diese Bekanntschaften vergaß ich innerhalb kurzer Zeit, ja, manche sogar schon direkt in dem Moment, in dem ich die Bekanntschaft schloß.

Eine aber blieb haften.

Wir nannten ihn Stuffz, das war die offizielle Abkürzung für seinen Dienstgrad: Stabsunteroffizier. Auf ihn paßte der abgekürzte Dienstgrad wunderbar als Name: Stuffz.

Seinen schmalen Kopf bedeckten nur noch wenige dünne, widerspenstige Haare, und seitlich zierten seinen Kopf herrliche Segelohren. Stuffz war so dünn, daß jede Uniform um ihn schlackerte.

Spontan gefiel mir Stuffz, denn er war ein Verlierertyp. Verlierertypen waren mir von jeher sympathisch, weil sie mich nie bedrohten und ich an ihnen die Gesetze des Scheiterns studieren konnte, ohne selbst in solche schmerzhaften Prozesse verwickelt zu sein.

Wie gesagt, ich mochte Stuffz, denn seine groß-
männischen Gesten, bei denen seine Kleider noch
mehr um ihn herum schlackerten als gewöhnlich,
wirkten auf dem Hintergrund seiner Bedeutungslosigkeit ausgesprochen erheiternd, und Heiter-
keit war in dieser düsteren Zeit wie Wasser für
die Verdurstenden.

Stuffz war irgendwo aus dem Norden in unser
Regiment tief im Süden unserer Republik versetzt
worden.

Wir waren beide Sanitäter beim III. Fernmeldere-
giment und hatten außer für ein paar Blasen, einen
Tripper, viele Schuppen, ein paar Zecken, und
die auch nur von Mai bis Oktober, im Sanitäts-
bereich wenig zu tun. Manchmal kamen noch
ältere Berufssoldaten, die ihre jährliche Grippe
nahmen.

Das war alles recht überschaubar, der letzte Krieg
lag 28 Jahre zurück, und es schien auch weiterhin
alles ruhig zu bleiben.

Abends trafen wir uns alle regelmäßig in der Kantine und aßen dort solch aufregende Speisen wie
Bratwurst mit Senf und Kartoffelsalat.

Stuffz und ich saßen an einem Tisch.

Er trank viel Bier und ich ein Spezi. Spezi ist eine
Mischung aus abgestandener Limonade mit eben-

solcher Cola, schmeckt weder gut noch löscht es den Durst, paßt aber vorzüglich in eine Bundeswehrkantine.

Eines Abends war ich freudig erregt, denn ich hatte ein Gerücht über Stuffz gehört, das ich ihm brühwarm unterjubeln wollte, in der Hoffnung, eine gute Geschichte von ihm zu hören.

Geschickt wollte ich also während des eben schon erwähnten Bratwurstessens einen günstigen Moment abwarten, um ihn dann hinterrücks in den Erzählfluß zu stoßen.

Irgendwann kam der Moment, da hatte er einen tiefen Schluck Bier genommen und sich ganz dem Genusse geöffnet. Sofort überraschte ich ihn ohne Vorwarnung und direkt: „Man erzählt sich, daß deine Versetzung hierher eine Strafversetzung war - ist da was dran?"

Seine Reaktion, wenn er in die Enge getrieben wurde, war mir schon bekannt. Er hielt dann wie ein Vogel seinen Kopf schräg, und seine Augen blickten schielend in die entgegengesetzten Richtungen. Hinzu kam noch, daß er sich mit seinen großen, ungelenken Händen am Kinn kratzte.

So machte er es jetzt auch.

Ich blieb ganz locker. Als sei Strafversetzung die normalste Sache der Welt, stopfte ich mir ein

Stück Bratwurst in den Mund, mengte ein wenig Kartoffelsalat bei, und als er weiterhin in seiner Vogelratlosposition verharrte, spülte ich locker und ungezwungen mit Spezi nach. Mein Kauen sollte Vertrauen erweckend wirken. Ich mußte ihm signalisieren, daß ich ihn keinesfalls der Lächerlichkeit preisgeben wollte. So biß ich noch ein Stück von der Wurst ab und kaute Vertrauen erweckend weiter. Natürlich erweckt Kauen kein Vertrauen, aber dadurch, daß ich mein Kauen nicht unterbrach, sondern immer fröhlich weiterkaute, wollte ich ihm zeigen, daß ich ohne innere Spannung und also auch ohne Arglist sei. Ich hatte Erfolg. Langsam begann sich sein Blick wieder geradeaus zu richten, der Kopf rutschte zurück ins Lot zwischen seine Schultern. Er hob sein Bierglas, gurgelte mehrere tiefe Schlucke hinunter, so daß sein Adamsapfel auftanzte. Dann stellte er grinsend das Glas ab. Ich spürte: Der Bann war gebrochen.

„Also gut. Wer hören will, muß fühlen, und wer gefragt wird, dem wird auch geantwortet", sprudelte es aus ihm heraus. Wenn er aufgeregt war, war er nicht mehr ganz treffsicher in seiner überschaubaren Zitatensammlung.

Er rückte seinen Teller zur Seite, wobei die seitlich heraushängende Bratwurst eine Fettspur auf dem Tisch hinterließ. Er brauchte vor sich freie Bahn, die er während des Erzählens für gestische Einlagen nutzte.

Das Bier stellte er in seine Nähe.

„Also, es war so", fing er an, doch dann brach er schon wieder ab, um einen Schluck Bier zu sich zu nehmen. Er setzte das fast leere Bierglas ab und sprach nach einem kleinen Rülpser, den er seitlich wegatmete weiter: „Ich war in der Nähe von Bremen bei einem Wachbataillon der Panzergrenadiere, und wir hatten da eine heiße Sache zu bewachen."

„Was denn?", rief ich mit vollem Mund ungeduldig dazwischen und spuckte versehentlich ein Stückchen Kartoffelsalat auf den Tisch. Er hatte es nicht gesehen, denn er winkte mich geheimnisvoll zu sich heran.

„Das ist geheim", wisperte er mir zu, und sich konspirativ umblickend, steigerte er noch: „Supergeheim!"

Er schob das Bierglas zur Seite und beugte sich über den Tisch, dabei schleifte seine blaue Bundeswehrkrawatte durch die Fettspur, die seine Bratwurst hinterlassen hatte. Verwegen blinzelte er mich an und flüsterte: „Amerikanische Atomsprengköpfe, verstehst du? Mehr kann ich dir aber nicht sagen."

Ich nickte ihm zu, was bedeuten sollte, daß ich verstünde und das Geheimnis keinesfalls weitererzählen wollte. „Wem auch?", dachte ich noch, in diesem Moment ließ er sich zurückfallen, und seine Krawatte kehrte mit der Spitze mein versehentlich hingespucktes Kartoffelsalatstückchen zur Seite. Stuffz lehnte sich ganz weit in seinen Metallstuhl zurück und schnellte dann unerwartet empor.

„Also, ich bin auf der Streife und ich streife durch die Felder und die Auen", begann er enttäuschend weitschweifig.

An meinem unwilligen Blick bemerkte er wohl, daß er zu weit ausgeholt hatte, also mischte er Spannung bei: „Aber ich spüre, daß etwas in der Luft liegt."

Nach einem weiteren Schluck Bier konkretisierte er: „Irgendein Abenteuer wartet auf mich."

Er nahm wieder einen kurzen Schluck: „Und kaum, daß ich es spüre, ist es auch schon da."

Als ausgefuchster Erzähler wußte er die Spannung zu dehnen und nahm einen tiefen, letzten Schluck aus seinem Bierglas. Schnell winkte ich die Bedienung herbei und bestellte für ihn noch ein großes Bier.

Das war der Preis!

Das leere Glas stellte er weit von sich weg und kam zur Sache. „Es raschelt im Gebüch." In der Aufregung sagte er „Gebüch". Ein solcher Sprachfehler blieb im Eifer des Gefechts unkorrigiert, denn sofort erzählte er weiter: „Ich brülle: 'Halt! Wer da?' - Natürlich meldet sich niemand, der da wäre, aber das soll mich nicht täuschen, denn schon habe ich meine Kalaschnikov entsichert, und eines ist klar, genau in diesem Moment...", genau in diesem Moment stellte die Kellnerin ein frisch gezapftes Bier auf den Tisch, was er aber nicht sah. Er war ganz in seine Geschichte abgetaucht. Heftig haute er mit der Faust auf den Tisch, und die Kohlensäure, die sich unten im Bier versteckt hatte, perlte massenweise nach oben.

„Genau in diesem Moment", wiederholte er, nun ohne Schlag auf den Tisch und fixierte mich mit hochgezogenen Augenbrauen. Ich konnte dem Blick kaum standhalten, weil ich nicht wußte, was genau in diesem Moment war. Aber ich sollte es gleich erfahren: „Wenn der Kerl da im Gebüsch" - dieses Mal sagte er wirklich „Gebüsch" - „nicht antwortet, dann schieß ich."

Entschlossen trank er von dem frischen Bier, das

er vorher wohlwollend angeblickt hatte, und wischte sich den schaumweißen Schnurrbart mit einem chamäleonartigen Zungenschnalzer fort.

„Also, ich ruf nochmal: 'Halt! Wer da?'"

Sein Adamsapfel zuckte unter seiner Halshaut hoch und runter. Bei dieser Gelegenheit sah ich auf seinem Hals und Unterkinn vereinzelt lange Barthaare, die er schon seit Tagen bei der morgendlichen Rasur nicht erwischt hatte und die seitdem einsam und ungeliebt in der Welt herumstanden.

„Verdammt nochmal, ist da einer?", rief er laut, und die Köpfe der anderen herumsitzenden Kantinennutznießer drehten sich uns zu. Er aber bemerkte nichts, sondern nahm die Bratwurst in die Hand, legte sie aber unabgebissen wieder zurück und nagte stattdessen kurz an einem Fingernagel, spuckte dann das abgezogene Hornstückchen seitlich auf den Gang und wurde nachdenklich.

„Aber was, wenn der Kerl im Gebüch", er sagte plötzlich wieder „Gebüch!", „kein Deutsch versteht? Also schiebe ich sofort Englisch nach: 'Hold, who is there?'"

Er konnte kein „th" sprechen, sondern rollte lediglich die Zunge ein und mit kräftigem Luftstoß wieder aus, so daß er zwar Luft ausstieß, aber noch lange war weit und breit kein englisches „th" zu hören. Zu allem Überfluß bildete sich dabei ein kleines weißes Spuckebällchen in seinem Mundwinkel. Von all diesem Unbill, sprachliche Präzision zu erreichen, unbeirrt, fuhr er fort: „Aber es raschelt immer noch im Gebüch." Es blieb wohl ab jetzt beim Sprachfehler. „Wollte mich da einer verarschen?"

Er schaute mich unvermittelt an, als ob ich ihn verarschen wollte, aber das lag mir fern. Das sah er ein, nahm bestätigend einen Schluck Bier und erzählte weiter: „Nicht mit mir!"

Da gab ich mich spitzfindig: „Und wenn es ein Franzose war?", fragte ich forsch und schnippste betont übermütig und locker einen Bierdeckel in seine Richtung, der aber in einer kleinen Bierpfütze steckenblieb.

Stuffz wischte meine Frage weg: „Ein Franzose im Ernstfall kann Englisch."

Während ich noch nachgrübelte, was er mit „ein Franzose im Ernstfall" meinte, gab er mir mit einem mißmutigen Blick zu verstehen, daß er im Vortrag seiner Geschichte nicht gestört werden wollte. Ohne weiter den Höhepunkt zu überdehnen, kam er zur Sache: „Ich gebe einen Warnschuß ab. Da ist Ruhe im Gebüsch". Er sagte Gebüsch, und ich vermutete, daß eine gewisse Entspannung bei ihm eingetreten war, die ihm genügend Raum für die korrekte Aussprache ließ. Aber es war nur eine kurze Ruhepause gewesen, denn sofort redete er gestikulierend weiter: „Und dann fängt der Kerl doch wieder an zu rascheln." Seine Zunge flog über seine rauhen Lippen, um sie anzufeuchten. Seine Stirnader aber schwoll bedrohlich: „Ich laß' mich nicht provozieren, verstehst du? Ich laß' mich von so einem Kerl nicht lächerlich machen. Verstehst du?" Wieder drehten sich alle Köpfe zu uns, weil er doch ziemlich herumgeschrien hatte. Beruhigend nickte ich erst ihnen dann ihm zu.

Doch er blickte düster vor sich hin, erlebte wohl gerade im Innern Situationen, in denen er provoziert worden war... und trank dann als spontane Reaktion darauf sein Bier bis auf einen fingerhohen Rest aus, stellte es ab, rülpste kurz auf und ließ dann seinen Blick aggressiv lauernd durch die Kantine schweifen. Schnell bogen alle Herglotzenden wieder ihre Köpfe in die normale Blickrichtung, aus der sie gekommen waren. Keiner wollte Ärger.

Zu meiner Überraschung lächelte er nach einer

81

kurzen Weile sehr milde.

Es war die Ruhe vor dem Sturm: „Dann ballere ich mein Magazin leer, ratta, ratta, ratta, rums, dadadadada, und dann ist Ruhe im Gebüsch."

Unter verschämt neugierigen Blicken aller anderen Kantinenbratwurstesser hatte er eine Maschinengewehrgeräuschimmitation hingelegt, die einen Spuckeregen für mich als Beigabe zur Folge hatte. Ich war heilfroh, daß er weder Bier noch Bratwurst noch Beilagen im Mund gehabt hatte. Ihn hatte das Maschinengewehrfeuer so entspannt, daß er zum korrekt ausgesprochenen „Gebüsch" zurückfand.

Er lächelte aus einem Mundwinkel: „Natürlich ziehe ich mich danach sofort gefechtsmäßig souverän zurück, um Verstärkung zu holen, denn wer weiß, ob das nicht nur ein Trick ist, und der Kerl ist am Ende nur verletzt und wartet, bis ich komme, um mir dann die Kugel zu geben."

Er hatte seinen Ellenbogen in eine kleine Bierpfütze gestellt, und die Nässe mußte im Nu sein Hemd durchdrungen haben, denn vor sich hin staunend hob er den Ellenbogen hoch und rieb ihn ein wenig wie um ihn zu trocknen, doch dann setzte er reichlich geistesabwesend den Ellenbogen wieder in die gleiche Pfütze. Offensichtlich war er so von seiner Geschichte gebannt, daß er die konkrete Außenwelt nicht mehr wahrnahm.

„Aber irgendwie muß ich mich beim Rückzug dann verlaufen haben, denn über 'ne Stunde später, als ich dachte, komme ich in der Kaserne an. Kann ich deinen Senf haben?", fragte er ohne Übergang, wartete mein Nicken nicht ab, nahm seine Wurst in die Hand, fummelte sie vom Teller, tunkte sie in den Senf auf meinem Teller, zog sie geschickt zu seinem geöffneten Mund, biß von der kalten Wurst aber nicht ab, sondern legte sie zwar eingesenft, aber unabgebissen wieder zurück auf seinen Teller, wo sie dann ungeliebt und verlassen herumlag und kalt und einsam wohl an diesem Abend keinen Esser mehr finden würde.

„Wie ich ankomme", erzählte er heiter weiter, „steht da ein Bauer an der Wache und redet auf meinen Kompaniechef ein. Ich laufe hin zu den beiden, gehe vor meinem Kompaniechef in Stellung, beachte diesen Bauern natürlich überhaupt nicht und melde vorschriftsmäßig: 'Stuffz vom IV. Wachbataillon der Bodensicherung, vom Kontrollgang zurück. Ich melde feindliche Bewegung im Gebüch.' " Ich hatte im Voraus gewußt, daß er wieder „ch" sagen würde, denn im Geiste stand er vor seinem vorgesetzten Kompaniechef, und das stellte ihn unter mächtigen Druck. Aufgeregt fuhr Stuffz fort: „'Ich habe die feindliche Bewegung final gestoppt!' Aber meinst du, der freut sich oder anerkennt mich? Nee, der fragt: 'Waren Sie es, der geschossen hat?' - Vollständig ruhig antworte ich ihm wahrheitsgemäß: 'Wie soll ich denn eine feindliche Bewegung stoppen, ohne von meiner Waffe Gebrauch zu machen?' - 'Wo war das?', brüllt der Hauptmann mich ziemlich unbeherrscht an und tauscht einen Blick mit diesem Bauern da. Na, ich beschreibe ihm den Ort kurz und präzise, da nickt der Bauer und brüllt mich ziemlich grob an: 'Du Rindvieh, du hast meine Kuh erschossen!'"

Stuffz schaute mich an, und ich verstand auf einmal, daß die Geschichte fertig war. Ich wollte gerade über diese Pointe lachen, wollte mir diesen konkreten Aberwitz gerade vorstellen und über den Wahnsinn der Menschheit im Allgemeinen köstlich nachsinnen und sagte, um etwas Zeit für meine Vorhaben zu gewinnen: „Das ist ja irre!"

Da huschte ein sanftes, freundschaftliches Lächeln über sein Gesicht. Überraschend milde gestimmt sprach er: „Wie ich erfreut sehe, findest du es genauso wie ich irre, daß ein Zivilist es wagt, mich ein Rindvieh zu nennen!"

Ja, er legte sogar seine Hand fast zärtlich auf meinen unachtsam hingelegten Unterarm. Ich geriet in Not, denn irre fand ich, daß er eine Kuh erschossen hatte und nicht, daß ihn ein Bauer ein Rindvieh genannt hatte, was ich sogar absolut verständlich und nachvollziehbar fand.

Ich wollte keinen Streit mit ihm und deshalb lächelte ich opportunistisch und tat so, als ob ich irre fand, daß ein Zivilist ihn Rindvieh genannt und nicht, daß er ein Rindvieh erschossen hatte.

Jetzt ging alles so schnell, daß ich kaum folgen konnte. Stuffz fuhr sogleich, durch mein opportunistisches Lächeln in seinem Recht bestätigt, fort: „Ich lasse mich von einem Zivilisten natürlich weder beleidigen noch duzen und will mich ohne Umschweife sofort beschweren. Aber da fällt mir der Kompaniechef in den Rücken. 'Vollidiot' nennt er mich vor einem Zivilisten. Natürlich schweige ich und denke nach über die Schwäche und Unbeherrschtheit von Führungskräften in der Bundeswehr.“

Er stoppte schweratmend und blickte mich so an, daß ich spürte, er brauchte Zustimmung. Also nickte ich selbstverloren, was ihm zeigen sollte, daß auch ich ihm im weitesten Sinne zustimmte, daß die Bundeswehr dringend intelligentere und

verantwortungsbewußtere Führungskräfte bräuchte.
Er nahm meine geheuchelte Zustimmung sehr freudig an und sprintete dann förmlich dem endgültigen Ende seiner Geschichte entgegen: „Na ja, dem Bauern haben sie Schadensersatz bezahlt, und ich bekam drei Tage Arrest und die Strafversetzung hierher."

Stuffz kratzte sich am Kinn, seine Ohren waren knallrot geworden, und ich konnte das Pulsieren des Blutes in ihnen regelrecht sehen.

Gedankenverloren schob Stuffz sich die angesenfte kalte Bratwurst in den Mund und kaute lange intensiv und schluckte dann alles runter. Da uns die Kellnerin keine Serviette zur Bratwurst gereicht hatte, nahm er ersatzweise die Hemdsärmel und wischte sich die Mundwinkel ab.

Er trank nun den kleinen Rest seines Bieres aus, und es sah einen Moment so aus, als ob er rülpsen wollte.

Aber er tat es nicht.

DIE UNDANKBARE BIENE

Natürlich können auch durch Begegnungen mit Tieren bei Menschen heftige Bewußtseinsprozesse ausgelöst werden. Genau dies ist mir geschehen. Das Tier war eine Biene und mein Erkenntnisgewinn enorm.

Doch alles schön der Reihe nach.

Eines wunderschönen Frühlingsmorgens sitze ich am Schreibtisch und versuche wieder einmal intensiv, das Leben schreibend zu verstehen oder gewagter, aber dafür flotter ausgedrückt: das Leben zu erschreiben. Allerdings störte mich jemand während dieses eben erwähnten anstrengenden Prozesses der Lebensannäherung: Eine Biene hatte sich in mein Arbeitszimmer verflogen und lenkte mich sogleich von meiner Arbeit ab. Weniger ihr Summen, als ihr unentwegtes gegen die Scheibe Knallen, das mich ein wenig an den Versuch eines Menschen erinnerte, seine eigene Wirklichkeit wahrzunehmen, lenkte mich ab, und darauf reagierte ich mit Ärger.

Sssshhh... bums... sssshhh... bums... ssshhh und so weiter...

„Wieso hat sie denn keine Wahrnehmungsorgane, mit denen sie erkennen kann, daß sie dort, wo sie reinkam, auch wieder rausfliegen kann?", brüllte ich fragend in mich hinein.

An fruchtbare, gedankliche Lebensannäherung war von diesem Moment an nicht mehr zu denken, zu sehr wurde ich in das Schicksal dieser unglücklichen Biene, das sie mir ja auch weiß Gott akustisch beeindruckend vortrug, hineingezogen. Immer wieder knallte sie wie volltrunken gegen die Scheibe. Auch der Zufall, auf den ich und sicherlich auch sie sehr hoffte, führte die summende und knallende Biene nicht dort durch das Oberlicht hinaus, wo sie auch hereingekommen war.

Sicherlich war sie in einer nachvollziehbar panischen Verfassung, denn, wie wir wissen, ist es einer Biene nicht gestattet, sich in nutzlosen Tätigkeiten zu verschleißen, wie zum Beispiel immer wieder an die Scheibe zu bumsen. Eine Biene hat die Aufgabe, fleißig ihr Tageswerk zu vollbringen, das darin besteht, Honig und Pollen einzusammeln und nicht in fremden Zimmern herumzusummen und dort trunken und ruhestörerisch herumzubumsen. Diese Biene war offensichtlich und hörbar wirr, denn anstatt durch das

Oberlicht in die ersehnte Freiheit davonzufliegen, die für sie aus hingabevoller Pflichterfüllung bestand, knallte sie immer wieder volle Kanne an die Scheibe, als ob die Welt eine Scheibe wäre...

„Warum sich an der Qual eines anderen Lebewesens erfreuen, zumal es die eigene lebensbefördernde Arbeit stört?", fragte ich mich nicht lange und schritt zur Tat.

Nach heldenhafter Befreiung einer in Panik geratenen Biene stand mir der Sinn. Doch sollte ich bald merken, daß eine Befreiung so einfach nicht ist, wenn die Gefangene nicht mithilft.

Das von mir fluchtwegweisend weit geöffnete Fenster half der Biene nicht weiter, denn immer wieder schwebte sie an der Innenseite der Scheibe herum. Zwar summte sie verzweifelt und drehte an der Scheibe entlang immer gewagtere Kurven, aber die entscheidende Kurve fand sie nicht.

Inzwischen war ich hochmotiviert, eine vollständige Bienenrettung durchzuführen. Ich wollte sie sogar gegen ihren offensichtlichen Widerstand retten.

Die Biene wehrte sich vehement.

Ja, wäre ich nicht vorsichtig vorgegangen, hätte sie mich gestochen und somit ihren Tod herbeigeführt. Denn wie wir auch noch wissen, hätte sie mit ihrem Stachel auch den ganzen Unterleib verloren. Und wer lebt schon gerne ohne Unterleib?

Außerdem hätte ich als Retter dann endgültig versagt gehabt und wäre auch noch tagelang schmerzhaft angeschwollen daran erinnert worden.

Wieso wehrte sich diese Biene so wütend gegen mich, der sie doch retten wollte?

Während mir diese Frage im Hirn herumsummte, besorgte ich mir ein Küchenhandtuch, das als Stechschutz fungieren sollte.

Um das Folgende transparenter zu machen und auch, um den Symbolcharakter der Begegnung mit der ausgesprochen widerborstigen Biene deutlich herauszustellen, will ich dieser Biene eine Stimme geben, wobei ich so vorgehe, daß ich ihre Reaktionen auf meinen Rettungsversuch übersetze in menschliche Kommunikationsfragmente, oder kürzer und klarer gesagt, in Wörter. Hören wir also den Konflikt zwischen mir und der bestimmten, also mit Stimme versehenen Biene.

„Hilfe!", schrie sie, als ich das Tuch über sie stülpte.

„Hilfe! Er will mich umbringen! Hilfe, Mörder!", geriet sie sogar in Panik.

Wer soll das verstehen? Ich wollte doch nur ihr Bestes, ihre Rettung, ihre Freiheit, damit sie ihre Pflicht erfülle, und sie schimpfte mich Mörder. Elendiglich verhungern würde sie, kümmerte ich mich nicht um ihre Freiheit, die in ihrem Falle auch Nahrung und Sinngebung für sie bedeutete.

„Dieser Stülper stülpt Dunkelheit über mich und dann erdrückt er mich!", brüllte sie in tiefer Verzweiflung, als ich sie tuchgeschützt zu fassen bekam.

„Oh Gott!", heulte sie los, „Nun bin ich ganz und gar in seiner Hand, bin vollständig abhängig von ihm."

Vorsichtig faltete ich das Tuch um sie, um vor ihren wütenden Stichen ganz sicher zu sein.

„Aah, nun wickelt er mich ein, dieses Scheusal will mich ersticken, ich halt's nicht aus, ich will hier raus!", schrie sie aufgeregt immer weiter, die letzten beiden Zeilen sogar reimend.

Natürlich war ich entsetzt über so viel Widerstand. Tief verborgen in meinem an Märchen glaubenden Herzen wünschte ich mir, daß sie mich als ihren Retter preisend dankbar umkreise, dann nach Hause flöge und dort von ihrer wunderbaren Rettung erzählte. Und dann käme die Königin mit ihrem Hofstaat zu mir geflogen, lobte und priese mich und böte mir ihre Hilfe an. Und ich würde sie annehmen und mir wünschen, daß sie losflögen und all jenen Menschen, die mich nicht leiden könnten, ordentlich in den Arsch stächen, daß ihnen derselbe in dem Maße anschwölle, wie sie mich nicht leiden könnten. Wenn ich schon beim Wünschen wäre, so wünschte ich auch, daß diese Stechbienen einen Stachel ohne Widerhaken hätten, nicht daß sie wegen meiner Unfähigkeit, andersdenkende Menschen in mein Leben zu integrieren, ihren Unterleib verlieren müßten. Denn wer lebt schon gerne ohne Unterleib?

Doch nun aus der Märchenwelt zurück zu dem schwierigen Rettungsunternehmen, das insofern auf der Kippe stand, da ich doch jederzeit hätte die Nerven verlieren und heftig zudrückend kurzen Prozeß hätte machen können.

Wie sollte ich ihr klar machen, daß ihre Rettung eine Phase vollständiger Abhängigkeit von mir notwendig machte?

„Niemals...", schrie sie offensichtlich meinen Gedankengang erratend „... will ich von dir vollständig abhängig sein, lieber sterb ich!"

Ich weiß nicht, ob sie dabei in selbstmörderischer Absicht in das Tuch gestochen hat. Ich spürte nur ihr böses Brummen und ihre wilden Bewegungen, die auf alles, nur nicht auf die rettungsaktions-begünstigende Demut schließen ließen. Daß sie von nun an bis zu ihrer endgültigen Befreiung fest in meiner Hand sein würde, war für sie eine kaum auszuhaltende Herausforderung.

„Du Schwein, laß mich los, ich will eigene Entscheidungen treffen, will Eigenes gestalten, kurz, ich will frei sein...", „... um wieder voll gegen die Scheibe zu bumsen!", führte ich ihren hilflosen Gedanken frech zu einem für sie peinlichen Ende. Ich spürte, wie sie sich in meiner Hand zornig drehte. Freilich gut durch ein Tuch geschützt und dadurch von mir getrennt. Da das Tuch in verschiedenen Lagen um sie gewickelt war, war ich sicher, daß sie es nicht durchdringen konnte.

Ihre totale Abhängigkeit war ihr ein solches Greuel, daß sie lieber den Freitod gewählt hätte, wäre derselbe im Tierreich bekannt und wäre ihr Stachel länger und biegsamer gewesen. So aber mußte sie die für sie absolut unerträglich Tatsache, daß sie vollständig in meiner Hand war, hinnehmen.

Vor jeder wirklichen Befreiung liegt eine Phase, in der man unbedingt die Einsicht in seine totale Abhängigkeit zulassen muß.

Nach einer Weile, in der sie vielleicht meine

mächtige These zum Thema Selbstbefreiung in ihrem kleinen Bienenhirn hin- und herbewegt hatte, buchsierte ich das Tuchknäuel um das nach innen geöffnete Fenster herum. Nun wickelte ich die, wie ich hoffte, philosophisch nachdenklich gewordene Biene aus dem Tuch heraus und sah auch schon bald die dunkelbraune, kleine Biene, wie sie mir uneinsichtig geblieben entgegensummte.

Schnell lehnte ich mich selbst sehr weit aus dem Fenster und schüttelte das Tuch heftig aus und sie wütend in die so ersehnte Freiheit.

Im Abflug hörte ich sie noch brummen: „Dank sei Gott, daß ich diesem furchtbaren Peiniger nochmal lebend entrinnen konnte!" Dann entschwand sie in sonnige Ferne.

Ich schloß das Fenster wieder und setzte mich nun im still gewordenen Zimmer an meinen Schreibtisch und sann noch ein wenig nach über die Undankbarkeit, die einem wirklichen Retter zwangsläufig entgegenschlägt.

DER HUNNI

Ich schlenderte in Berlin so für mich hin und
dachte über die spannende Frage nach, ob
Deutschland ein Schmelztiegel verschiedener
Kulturen sei und aktiv die multikulturelle Gesellschaft aufbauen solle, oder ob es doch so etwas
wie eine deutsche Leitkultur immer noch gäbe.
Kurzum, ich war in unnützen Gedanken verwor-
ren und litt ein wenig darunter, daß das Leben so
gar keinen Dialog mit mir suchte.

Vielleicht war es dieses offen zur Schau getragene
Leiden, was das Leben schlußendlich bewog,
mich anzusprechen.

„He, haste was für mich?", sprach mich das Leben
in der gekonnten Verkleidung eines schlaksigen
Punks an und riß mich glücklicherweise aus
meinen unnützen Gedankenknoten heraus.

Nun muß ich ein wenig innehalten, um den
Begriff Punk präziser zu fassen, will sagen,
Begriff und Mensch deckungsgleich zu präsen-
tieren. Ein Punk ist ein wilder Kerl oder ein wildes
Mädchen, der oder die mit aufregenden Indianer-
frisuren und verwegenem Piercing mit gleich-

zeitig verrotteten Kleidern und rüdem Umgangs-
ton eine Protesthaltung gegen das lebensstumme
Spießertum aktiviert. Musikalisch ausgedrückt
hört sich das Ganze allerdings so laut an, daß
jederzeit ein Hörsturz zu befürchten ist.

Ob der junge Herr, der mich angesprochen hatte,
ein Punk war, weiß ich natürlich nicht. Er hatte
zwar einen „Irokesenschnitt" und viele silberne
Eheringe im Ohr, einen Silberknopf in der Nase,
und wie ich feinnervig an seinem leichten
„Sprachfehler" feststellte und später im Dialog
aufblitzen sah: Auch seine Zunge war von einer
kleinen silbernen Knolle durchstochen. Seine
konsequent verwahrloste Kleidung hing auffäl-
lig unbeachtet um ihn herum, und trotz seiner
finanziellen Notlage war er „gut drauf", wie man
zu sagen pflegt. Das war immerhin besser als
„scheiße drauf", wie man im negativen Fall zu
sagen pflegt.

Etwas hölzern erwiderte ich ihm reichlich unge-
schmeidig: „Ich habe nicht genau verstanden:
Wieviel benötigen Sie?"

Er sah mich groß an, vor allem wohl der Tatsache wegen, daß ich einen Dialog mit ihm suchte.
Er war sicherlich anderes gewohnt. Aber warum
sollte ich denn unangenehm berührt an ihm

vorbeihuschen, wo er doch das pure Leben repräsentierte?

Er antwortete: „Du jiebst mir soviel de mir jeben willst. Vastehste mir?"

Natürlich verstand ich ihn, aber genau das gefiel mir ja eben nicht.

Wieso wälzte er denn die Entscheidung auf mich ab?

Was war los mit ihm?

Wieso stellte er ans Leben oder in diesem Falle an mich denn keine klar umrissene Forderung?

Wußte er nicht, daß man dem Leben klipp und klar sagen mußte, was man von ihm wollte?

Oder kannte er vielleicht den guten Witz nicht: „Betet ein Mann verzweifelt über einem Lottoschein, daß seine Zahlenkombination die erhoffte Million bewirke. Immer tiefer versenkt er sich ins Gebet, und schließlich spricht Gott zu ihm: 'Mensch, gib mir doch eine Chance und gib den Lottozettel endlich ab!'"

Nicht jeder mag Witze, und noch weniger wollen sich von Witzen Lebensweisheiten vermitteln lassen, in diesem Falle aber rentiert es sich, die Deutung auf sich wirken zu lassen. Man muß seinem Gott, oder anders gesagt, seinem Lebensschicksal eine wirkliche Chance einräumen, damit er oder es auch wirklich geschehen kann.

Nun, nachdem ich kurzerhand in die mir befremd-
liche Rolle eines Menschheitslehrers gedrängt
wurde, wieder zurück in die mir weitaus geläufigere
Rolle eines Geschichtenerzählers.

Unwillig wegen der Belehrung antwortete ich
ungeduldig und harsch: „Bitte sagen Sie mir,
wieviel Sie wollen?" Stimmlos ließ ich wortlos
streng nachhallen: „Oder laß mich in Ruhe!"

Schrie Verzweiflung aus ihm heraus, oder war es
Ironie, die seinen tiefen Lebenszweifel über-
spielen sollte?

Mit völlig schiefem Grinsen sagte der Silber-
knüppel nuanciert: „Na, Alter, wenn de mia so
frachst, da saach ick doch glatt 'n Hunni!"

Na endlich hatte er es raus!

Er hatte es geschafft, hatte sich zu einer klaren
Aussage durchgerungen, in der er forsch die
Obergrenze seines finanziellen Vorstellungs-
vermögens formuliert hatte.

Das also wollte er!

Einen Hunni!

Erziehung findet nie in der Schule statt, sondern
konsequenter Weise immer nur im Leben selbst.

Und so war ich, ob er es wollte oder nicht, plötzlich sein Lebenslehrer geworden. Mir oblag es,

ihm den Weg zu weisen und nicht nur das, ich mußte ihn auch noch ermuntern, ihn zu gehen. Und das Ganze würde mich einen Hunni kosten. Das war mir sofort klar!

Die Lehre, daß, wenn er ans Leben eine Forderung klar formulierte, das Leben diese dann prompt erfüllen werde, mußte ihm erteilt werden.

Das Leben schien mich aus folgendem, vollständig einfach zu durchschauenden Grund zum Stellvertreter auserkoren zu haben: Das Leben selbst hatte im Moment keinen Hunderter zur Hand.

„Was also liegt näher", so dachte das Leben sicherlich, „als diesen Lebensteilnehmer...", und damit meinte es mich, „... zu meinem Stellvertreter zu erklären? Denn zum einen hat er einen Hunderter zur Hand, und zum anderen will er doch das Leben immer pur spüren und drittens soll er doch endlich einmal etwas Sinnvolles tun!"

Ich griff in meinem Geldbeutel nicht ins klimpernde Kleingeld, sondern nach hinten, wo die Scheine aufgereiht lagern, zog einen Hunderter, der sich gerade verstecken wollte, hervor und reichte ihn ihm. Reflexartig griff er zu und riß mir den Lappen, bevor ich es mir anders überlegen könnte, aus der darbietenden Hand.

Das Gesicht des Punks geriet aus all den spärlichen Fugen, in die es bislang gepreßt gewesen war. Vor allem der Unterkiefer sackte nach unten, und es schien, als würde die Silberknolle immer schwerer und würde bei dieser Gelegenheit die Zunge lang aus seinem Munde ziehen.

Warum noch länger verharren und mich an seiner Fassungslosigkeit weiden?

Ich drehte mich um und ging meines Weges, so wie ich gekommen war.

Deutlich spürte ich: Das Leben war zufrieden, hatte es sich doch wieder einmal kostengünstig durchgesetzt.

Im Gehen überschlug ich blitzschnell, was ich mir für hundert Mark alles hätte kaufen können, kam aber nur auf unnützen Kleinkram und hakte den Hunderter dann endgültig ab.

„Leben ist nicht billig", war mein abschließender, nicht neuer Gedanke, und ich ging weiter.

Die Stille im Rücken!

Ah, diese Stille war warm wie das Leben und rann mir kribbelnd den Rücken hinunter.

Seine stumme Fassungslosigkeit war Beweis, daß der Hunni, sprich, die Botschaft des Lebens, ihn voll erreicht hatte.

Er war still, weil es still in ihm geworden war. Im Moment schaffte er Platz für eine neue Erfahrung

und mußte dazu einige alte Erfahrungen raus-
schmeißen. Diese Arbeit kann man nur erfolgreich durchführen, wenn es einem gelingt, die
üblichen Stimmen, die einem im Hirn dauernd
dazwischenreden, zum Verstummen zu bringen.
Dies kann aber nur ein heftiges Ereignis, sprich:
Schock, bewirken.

Mir war es gelungen, ihn, der normalerweise
Bürger schockte, selbst zu schocken. Ich war
ausgesprochen erfolgreich gewesen, denn immer
noch war es still in meinem Rücken.

Es war die Ruhe vor seinem Kommunikations-
sturm. Da schrie es auf einmal: „He, kiekt mal
her, 'n Hunni!" Anerkennendes Gemurmel seiner
Freunde.

„Den hab ick von dem da!" Anerkennendes
Gemurmel seiner Freunde.

Ich ging immer zügiger weiter und war wohl
schon so an die dreißig Meter vom Lebens-
schauplatz entfernt.

Ich drehte mich aber nicht mehr um! Wozu auch?

„Danke, Mensch, eijh, danke!", schrie er noch
einmal.

Dann sagte weder er noch etwas noch murmel-
ten seine Freunde. Es wurde noch einmal ganz
still, und wieder spürte ich die Wärme des Lebens

im Rücken, und ich wünschte, sie bliebe.

„Ja", so dachte ich, „nun hat er die Erfahrung gemacht, daß das Leben immer genau das gibt, was man entschieden von ihm fordert. Von nun an wird das Leben keine seiner faden Ausreden mehr akzeptieren. Tief hat er verstanden, daß das Leben erst angefordert und dann herausgefordert werden will. Sein Leben wird sich von nun an ändern. Nicht von heute auf morgen, sondern von Grund auf."

Ich wollte mich noch tiefer hineindrehen in die Frage, wie man sich ändert, aber da wurden meine Gedanken erst wässeriger, dann luftiger und dann verschwanden sie vollständig.

Der Lärm der Welt hatte mich wieder.

DER STROHHUT

Obwohl erst Anfang Mai war es schweineheiß. Aus dem kalten Grauen des Winters stürzten die Menschen frühlingslos in den heißen Sommer, und selbstverständlich stürzte ich mit ihnen mit.

Ich hatte einiges zu schreiben und wollte zwischendurch immer wieder meinen aufgeheizten Körper abkühlen.

Als Ort wählte ich das Rheingauschwimmbad, in dem ich meinen Körper kühlen konnte.

Also zog ich meinen neuen Strohhut hervor und wanderte meinem Ziel entgegen. Breitkrempig sollte mich der Hut vor sengenden Sonnenstrahlen schützen und bei den zufälligen Beobachtern den Eindruck erwecken, ich sei ein gediegener und erfolgreicher Schriftsteller. Ich fühlte mich wie Hemingway, der an Kubas Küste entlangstiefelte und sich gerade eine Kurzgeschichte ausdachte, für die er später den Nobelpreis erhalten würde.

Als ich um die Ecke zum Schwimmbad einbog, stand da ein dunkelhäutiger Inder oder Pakistaner vielleicht. Wiewohl beide Länder, also ich meine Indien und Pakistan, arg verfeindet sind, sehen sich doch die Menschen so ähnlich, daß ich sie nicht unterscheiden kann. Da fiel mir auf, daß dieser Mensch aber vielleicht auch ein Türke oder Kurde hätte sein können, also wieder zwei Menschengruppen, die sich bekämpfen, und die ich vom Aussehen her nicht unterscheiden kann.

„Vielleicht", dachte ich, „kann ich ja meinen Beitrag zur Aussöhnung dieser beiden so verfeindeten Menschengruppen leisten, indem ich betone, bei ihrem Anblick mehr Gemeinsames als Fremdes zu entdecken."

Der Inder oder Pakistaner, oder Türke oder Kurde harkte gedankenverloren im Rosenbeet vor dem Schwimmbad herum. Er war in meinem Alter und vielleicht fand er deshalb so leicht Kontakt zu mir, und also richtete er das Wort an mich: „Das ist gut!"

Ich blieb stehen, sagte nichts und wartete, denn ich war mir sicher, daß er seine universal angelegte Aussage unbedingt konkretisieren würde. In dieser Annahme sollte ich Recht behalten.

„Hut ist gut", lachte er, und seine perlweißen Zähne blitzten und wetteiferten mit dem Weiß seiner Augen.

„Ich auch brauche!", brachte er seinen Redebeitrag auf den Punkt. In drei Gedankenschritten hatte er den Bogen geschlagen von seiner positiven Sicht der Welt über den Nutzen des Hutes im Allgemeinen bis hin zu seinem konkret formulierten Bedürfnis. Ich schien einen klaren Denker vor mir zu haben.

Freundlich lachte ich ihm zu und tippte an meinen Strohhut, um ihm eine geglückte Kommunikation zu bestätigen und auch, um mich meines Stolzes über die sinnvolle Anschaffung eines Strohhutes zu vergewissern.

Da neigte sich unsere von seiner Seite so forsch begonnene Begegnung auch schon wieder ihrem Ende zu.

Er ging seiner Arbeit nach und ich der meinen.

Der Unterschied bestand lediglich darin, daß ich die meine durch erfrischende Badegänge unterbrechen konnte, während er gezwungen war durchzuarbeiten.

Es gibt Tage im Leben eines Schriftstellers, da läuft es wie geschmiert, und ein solcher Tag war jener, über den ich schreibe. Wie getrieben jagte mein Kuli übers Blatt und entwarf immer neue Welten...

Und dann kam es zu einer mittleren Katastrophe, die mich ganz kopflos machte: Ich war fertig!

Mein Pensum war erfüllt, und weitere Unterlagen,

die ich hätte durcharbeiten können, hatte ich nicht dabei. Nach einer Stunde hatte ich alles geschafft. Was sollte ich also die restlichen Stunden des Nachmittags noch tun?

Eine halbe Stunde schwamm ich tatenlos im Wasser herum und dachte darüber nach, was ich schreiben könnte, aber nichts - absolut nichts fiel mir ein.

Ich fühlte mich nutzlos wie ein einzelner Kinderschwimmflügel im Planschbecken. Also beschloß ich zu gehen, in der Hoffnung, daß mir im Gehen einfiele, was ich denn an diesem lichtdurchfluteten Tag schreibend noch gestalten könnte.

Da stand er plötzlich wieder vor mir.

„Du guter Hut!", lachte er und strahlte mich an.

Einmal, weil er mich wiedererkannt hatte und dies bei ihm Freude hervorrief, und wohl zum anderen, weil er die Qualität des Hutes auf seinen Träger direkt übertrug.

Mit einem Mal spürte ich, daß ich nicht mehr Herr der Situation war. Da war eine Kraft, die stärker war als ich, will sagen, die stärker war als jene Instanz in mir, mit der ich normalerweise alle anfallenden Aufgaben des Alltags bewältige.

Er strahlte mich an, ich glaube, weil er schon wußte, was geschehen würde. Als intuitiver

Mensch spürte er, daß ich mich vom tieferen Sinn einer Situation leiten ließ.

Ich weiß nicht, ob es an dieser Stelle sinnvoll ist, abzutauchen in das Meer philosophischer Gedankengänge, aber ich muß es, sonst ist die Geschichte nicht wert, erzählt zu werden.

Er war sich sicher, daß er den Sinn der Situation sofort erfaßt hatte, und ohne daß ich wußte, wie mir geschah - und das ist doch, was uns das Leben so reizvoll macht, daß es darin Momente gibt, in denen man nicht mehr weiß, wie einem geschieht, und man immer wieder reflektiert über diesen Moment, in dem man nicht mehr wußte, wie einem geschah, bis man plötzlich intuitiv herausfindet, was einem geschah, also, um den weit oben begonnenen Satz zusammenfassend zu Ende zu formulieren: Ohne daß ich wußte, wie mir geschah, nahm ich meinen schönen Hut spontan vom Ständer, will sagen von meinem Kopf und setzte ihn auf den seinen.

Er paßte!

Da guckte er!

Ich glaube nicht, daß er so etwas schon einmal erlebt hatte.

Fassungslos strahlte er mich an.

Ich war schon einige Schritte weitergegangen und

hatte aus dieser relativen Ferne neidvoll zugeben müssen, daß der Strohhut ihm besser paßte als mir, und schlagartig wurde mir klar: Es war sein Strohhut!

Meine einzige Aufgabe hatte darin bestanden, ihm seinen Strohhut zurückzugeben, der ihm schon immer gehört hatte.

Vielleicht denkt jetzt die eine oder der andere daran, daß der Strohhut immerhin achtundvierzig Mark gekostet hatte, und daß man doch nicht so mir nichts dir nichts einem wildfremden Menschen einfach knapp fuffzig Mark auf den Kopf setzt.

Da habe ich natürlich einiges dagegen zu halten. Erstens: Das war nicht mir nichts dir nichts, sondern mir nichts, dir einen Strohhut, den ich überreicht habe, weil ich ein kosmisches Gesetz zu erfüllen hatte, das da lautet: Tue nur das, was sinnvoll ist.

Zweitens war der Mensch da nicht wildfremd, denn genauso wie ich reagierte er auf das Sinnvolle einer Situation, also war er mir doch geistig verwandt.

Drittens: Was sind denn fuffzig Mark für das spontane Hochgefühl, etwas Sinnvolles getan zu haben? Wieviele Menschen schmeißen Milliarden zum Fenster hinaus, ohne jemals einen Geschmack für

Sinn zu entwickeln.

So, nun habe ich zwar Angriffe auf mein sinnvolles Tun zurückgeschmettert, aber das Hochgefühl, das mir meine spontane Schenkung brachte, blieb bisher noch wortlos, dies soll und muß
sich ändern.

Mir war es, als ob ich in jenem Moment, als ich
ihm meinen Strohhut auf seinen Kopf setzte und
der Strohhut in genau diesem Moment sein Strohhut wurde, endlich meine Stimme in einem viel-
stimmigen Kanon gefunden hätte, zwar eigenes
singend, aber harmonisch mit den anderen ver-
bunden. Aber das war noch nicht alles, es war,
als sänge ich aus vollem Hals und aus voller Brust
jene Schiller-Worte, die Beethoven kongenial
vertont hat: „Alle Menschen werden Brüder...“

Und schließlich fühlte ich mich plötzlich in einer
neuen Welt, in der es keine Grenzen gibt und alle
Menschen nur auf das eingehen, was sinnvoll ist.
Es war ein Vorgeschmack auf eine Welt, in der
Freude und Freundschaft das Zentrum allen
Lebens bilden.

So beflügelt ging ich also fassungslos vor Glück
meinen Weg zurück, und nun wurde mir, vielleicht als Lohn für sinnvolles Tun, alles weitere
aus der Hand genommen.

Im Nu saß ich auf einer bequemen Bank im Schatten der Platanen und blickte auf meinen geliebten Schicksalsfluß, den träge strömenden Rhein. Ein leichter Wind wehte mir zarte Kühle zu, und ich strich vor mir auf guter Schreibunterlage ein weißes Blatt glatt und schrieb sinndurchflutet darauf: Der Strohhut.

*Eine Auswahl
aus dem
Angebot des
Galli Verlags*

Johannes Galli

Körperheimlichkeiten

„Wiewohl der Mensch nach wie vor große Pläne
schmiedet wie zum Beispiel, Hotelketten auf dem
Mond zu errichten, ist er mit den etwas kleineren
Fragen vor allem des körperlichen Alltags oft
heftig überfordert. Ein Fleck auf dem Rock, eine
heftig verstopfte Nase oder gar ein überreifer
Pickel an gut einsehbarer Stelle bringt den
Menschen von heute in eine sehr unausgeglichene
Gemütslage. Alles, was den Körper betrifft,
scheint für den modernen Menschen eine
ziemliche Zumutung zu sein, so daß er keine
Mühe scheut, solche Körperlichkeiten zu
verbergen oder, um es absurder zu formulieren:
„öffentlich zu verheimlichen."
(Johannes Galli im Vorwort)

Neun
aberwitzige
Betrachtungen
über körper-
sprachliche
Kommunikation
im Alltag

Galli, Johannes
Körperheimlichkeiten
96 Seiten
1. Auflage 1999
ISBN 3-926032-62-6

117

Johannes Galli

Gedankensprünge
auf sich selbst zu

„Dieses Buch kann dreifach verwendet werden:
Einmal liest man es völlig normal durch, so wie
man andere Bücher auch durchliest. Man kann
sich aber auch durcharbeiten: Jeden Tag nimmt
man sich einen Gedankensprung vor, um ihn
auf Tiefe und Wahrheitsgehalt zu überprüfen
und vor allem auf die eigene Lebenssituation zu
beziehen. Man kann dieses Buch auch als
Orakel nutzen. Man stellt eine Frage und schlägt
das Buch irgendwo auf... und dort steht dann
die Antwort schwarz auf weiß!"
(Johannes Galli im Vorwort)

Einundachtzig
philosophische
Gedanken-
sprünge auf
sich selbst zu

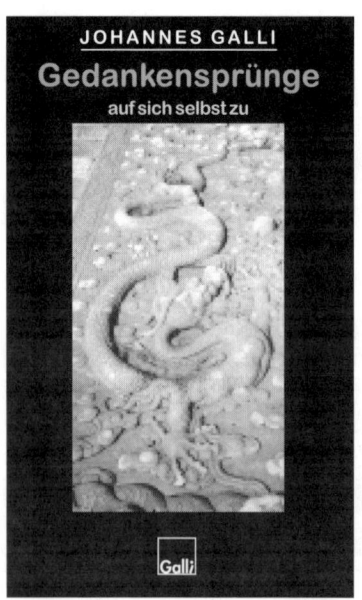

Galli, Johannes
Gedankensprünge
auf sich selbst zu
104 Seiten
1. Auflage 2001
ISBN 3-934861-41-5

Johannes Galli

Clown - Die Lust am Scheitern

„Das vorliegende Buch zeigt meine eigene
Konfrontation mit dem Clown und möchte
die Leserin und den Leser auffordern, das
Gleiche zu wagen. Dieses Buch hilft dabei,
den eigenen Weg zum inneren Clown, der in
jedem Menschen schlummert, zu entdecken und
zu gehen. Einmal am Tag oder einmal in der
Woche oder einmal im Monat ist es ratsam, eine
beliebige Seite aufzuschlagen und, rein betrach-
tend, den Sinnspruch auf sich wirken zu lassen.
Die Leserin oder der Leser sollte Worte und
Bilder einfach eindringen lassen. Der Clown
stößt jedem eine Tür auf und zeigt einen Weg."
(Johannes Galli im Vorwort)

In prägnanten Sinn-
sprüchen beschreibt
Johannes Galli das
Wesen des Clowns,
der in frühen Kulture
einen wichtigen
Stellenwert innerhalt
der Gesellschaft
innehatte

Galli, Johannes
Clown – Die Lust am
Scheitern
165 Seiten, 96 Photos s/w
22,5 x 26 cm
ISBN 3-926032-02-2
2. Auflage 1999

Johannes Galli

Aus dem Leben eines Clowns

Erste Serie - Frühe Fehlversuche

"In dieser in mehreren Serien erscheinenden autobiografischen Geschichtensammlung geht es nicht darum, Gedanken über den Clown schlechthin zu veröffentlichen, sondern ich möchte anhand verschiedener Situationen, in die das Leben mich steckte, meine eigene Entwicklung zum Clown unter wechselnden Blickwinkeln beleuchten."
(Johannes Galli im Vorwort)

Neun autobiografische Geschichten aus dem humorvollen Blickwinkel eines Clowns

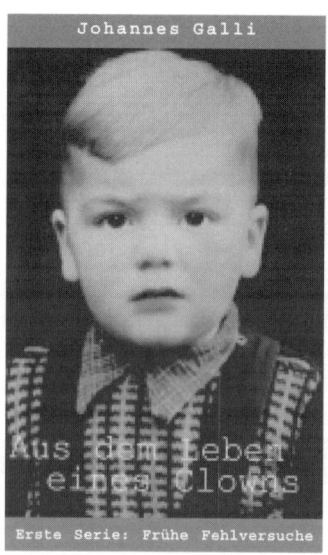

Galli, Johannes
Aus dem Leben eines Clowns
Erste Serie -
Frühe Fehlversuche
192 Seiten
ISBN 3-926032-66-9
1. Auflage 1999

Johannes Galli

Aus dem Leben eines Clowns

Zweite Serie - Steile Sturzflüge

„Meine Geschichten von damals heute schreibend zu erlösen, bedeutet für mich, daß ich sie unter die Maxime stelle: Niemand anders trägt Schuld an meinem Schicksal als ich selbst! Einzutauchen in schmerzliche Erfahrungen meiner Kindheit, um sie neu zu erfahren, war für mich wie das Eintauchen in einen Jungbrunnen. Sehr spannend gestaltete sich für mich das Experiment, alte Gefühle mit neuen Wörtern zu erfassen."
(Johannes Galli im Vorwort)

Neun autobiografische Geschichten aus dem humorvollen Blickwinkel eines Clowns

Galli, Johannes
Aus dem Leben eines Clowns
Zweite Serie -
Steile Sturzflüge
200 Seiten
ISBN 3-934861-37-7
1. Auflage 2001

121

Johannes Galli/Michael Summ

CD Klassische Gedichte mit Musik

Johannes Galli spricht Goethe, Schiller, Hölderlin, Nietzsche, von Hoffmannsthal, Morgenstern und Novalis.
Davon läßt sich der Musiker Michael Summ inspirieren und untermalt die Stimmungen der Gedichte mit seiner Musik. In dieser kreativen Verbindung erlangen die Texte eine ungeahnte Lebendigkeit und lassen Bilder von unvergeßlicher Intensität entstehen. Die Texte eignen sich auch in besonderem Maße als Anregung zur lebendigen Sprech- und Sprachschulung.

Johannes Galli spricht neun klassische Gedichte zu spontaner Musik - ein intensives Hörerlebnis!

J. Galli/M. Summ
Klassische Gedichte
mit Musik
Gesamtspielzeit 35:47 Min
ISBN 3-926032-22-7

Johannes Galli

CD Neun eigene Gedichte

Die Gedichte wurden von Johannes Galli
im Zeitraum von 1989 bis 1994 als Zeug-
nisse unterschiedlicher Lebensphasen und
Lebensstimmungen geschrieben und am
23. Oktober 2000 von ihm selbst gesprochen. Die Auswahl und Reihenfolge
umfaßt ein breites Spektrum menschlicher
Gefühle, so daß die Gedichte auf den
Hörer eine sowohl konfrontierende als
auch harmonisierende Wirkung entfalten.

Neun Gedichte
geschrieben und
gesprochen von
Johannes Galli

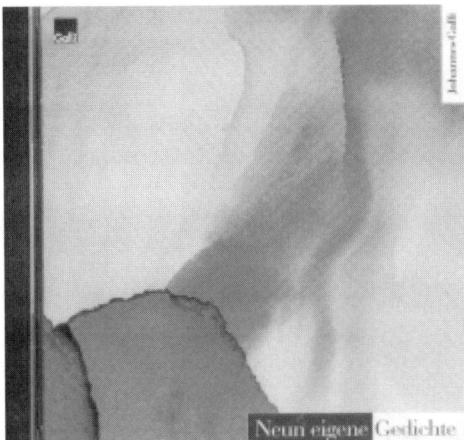

Galli, Johannes
Neun eigene Gedichte
Gesamtspielzeit 20:02 Min
1. Auflage 2000
ISBN 3-934861-35-0

Johannes Galli

Körpersprache und Kommunikation

„Vieles aus dem beruflichen und privaten Alltag wird sich nach der Lektüre dieses Buches verändert darstellen. Kommunikationsprozesse können schneller und wirkungsvoller in Gang gesetzt und gesteuert werden. Eine ungeahnte Kreativität steht dem zur Verfügung, der die Körpersprache bewußt in seiner Kommunikation beachtet und erfolgreich anwendet."
(Johannes Galli im Vorwort)

Weitere Titel der methodischen Schriftenreihe Galli Script:

- Interkulturelle Kommunikation und Körpersprache
- Der Clown als Heil
- Dynamisches Erzählen
- Tanzmeditationen Band 1-3
- Die sieben Kellerkinder
- Kommunikationstheater

Galli, Johannes
Körpersprache und Kommunikation
2. Auflage 1999, 80 Seiten
ISBN 3-926032-83-9

Johannes Galli

Sieben Kellerkinder® Tarot

Das „Sieben Kellerkinder® Tarot" von Johannes
Galli ermöglicht es in drei verschiedenen
Spielen, die in der beiliegenden Spielanleitung
beschrieben sind, seinen eigenen Kellerkindern
auf die Spur zu kommen. Somit können zum
einen Fragen aus allen Bereichen des Lebens
kreativ bearbeitet werden. Zum anderen dient
das Sieben Kellerkinder Tarot auch als
Gesellschaftsspiel, das ein unvergeßliches
Ereignis wird.

Die sieben
Kellerkinder
als Tarotkarten

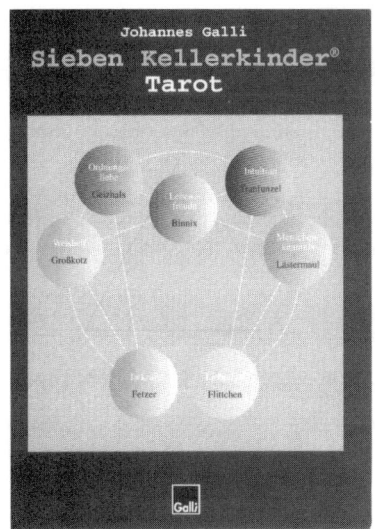

Galli, Johannes
Sieben Kellerkinder® Tarot
1. Auflage 2000
ISBN 3-934861-32-6

Johannes Galli/Michael Summ

CD Tanzmeditation Schmetterling

Die Reihe 'Tanzmeditationen' wurde von Johannes Galli entwickelt und gemeinsam mit dem Musiker Michael Summ komponiert. Die Musikstücke regen an, das jeweilige Thema in phantasievollen Bewegungen spielerisch und tänzerisch auszudrükken und so die eigene Kreativität und Rollenvielfalt zu erhöhen. Als Übungsbücher zu den Tanzmeditationen erschienen in der Reihe Galli Script drei Bände, die eine effektive Anwendung der Tanzmeditationen ermöglichen.

Die CD *Schmetterling* lädt ein, die Transformation von der Raupe zum Schmetterling auf Musik zu tanzen und zu spielen, um so die eigenen Kräfte des Wachstums und der Metamorphose kennenzulernen.

CD Reihe
Tanzmeditatione

Tanzmeditationen ermöglichen durch bewußte Bewegung auf Musik eine effektive Entfaltung der eigenen Kreativität

Weitere Titel sind:
- Bewegung
- Tiere
- Mythos Mensch
- Eigener Tanz
- Sieben Kellerkind
- Clown

Galli, Johannes
Tanzmeditation
Schmetterling
Gesamtspielzeit 41:23 Min
ISBN 3-926032-89-8

Johannes Galli/Michael Summ

CD Lebendige Märchen mit Musik

Johannes Galli erzählt die beliebten Märchen Dornröschen, Rotkäppchen, Rumpelstilzchen und Froschkönig mit großer Lebendigkeit. Er schlüpft dabei in jede Rolle hinein, belebt diese mit charakteristischen Stimmelementen und kreiert die jeweilige Märchenstimmung. Der Musiker Michael Summ läßt sich von dieser Erzähldynamik inspirieren, begleitet diese mit seiner Musik und schafft eine stimmungsvolle und spannende Untermalung. Diese harmonische Verbindung bringt ein Gesamtkunstwerk hervor, das nicht nur den jungen Hörer in jene zauberhafte Welt entführt, die Urbilder der menschlichen Seele verborgen hält.

CD Reihe
Lebendige Märchen

Märchen eröffnen eine seelenvolle Welt!

Weiteres zum Thema Märchen:
CD Märchenlieder
Original Soundtrack aus den Märchentheaterstücken von Johannes Galli
auch als MC erhältlich

Galli/Summ
Lebendige Märchen
mit Musik
Gesamtspielzeit 63:40 Min
ISBN 3-926032-38-3

Information

Gerne schicken wir Ihnen das
vollständige Verlagsprogramm zu.

Besuchen Sie uns auch im
Internet unter:

www.galli.de oder
www.galli-group.com

Galli Verlag
Haslacher Str. 15
79115 Freiburg
Tel 0761/ 40 007-0
Fax 0761/ 40 007-33
eMail verlag@galli.de
www.galli.de
www.galli-group.com